KB051429

아직 끝나지 않은 이야기

■▪ 아직 끝나지 않은 이야기

1판 1쇄 : 인쇄 2016년 07월 15일
1판 1쇄 : 발행 2016년 07월 19일

지은이 : 장헌권
펴낸이 : 서동영
펴낸곳 : 서영출판사

출판등록 : 2010년 11월 26일 제 (25100-2010-000011호)
주소 : 서울특별시 마포구 서교동 465-4, 광림빌딩 2층 201호
전화 : 02-338-7270 팩스 : 02-338-7161
이메일 : sdy5608@hanmail.net

그   림 : 박덕은
디자인 : 이원경

ⓒ2016장헌권 seo young printed in seoul korea
ISBN 978-89-97180-65-3 04810
ISBN 978-89-97180-00-4(set)

아직 끝나지 않은 이야기

2016 · 서영

장헌권 시인의 시집 출간을 축하하며

　방송 칼럼집 [돌로 인해 아름다워지는 개울물 소리], 영화를 마중물로 하여 영혼을 치유할 수 있다는 [영화 치유 이야기]를 비롯하여, 영화와 시를 접목시킨 시집 [시가 영화를 만나다]를 이미 펴낸 바 있는 장헌권 시인이 또 시집을 발간한다는 소식이 왜 이토록 반가운 것일까.

　필자는 평소 장헌권 시인이 우리나라를 대표해서 노벨문학상을 수상하면 얼마나 좋을까라고 여기는 문학평론가 중 한 사람이라서, 더욱 기분 좋았던 건 아닐까.

　장헌권 시인은 보배의 섬 진도에서 1957년에 태어났다. 호남신학대학교에서 신학 수업을, 우석대학교 국어국문학과에서 문학 수업을, 그리고 한실 문예창작에서 10여 년간 시 창작 훈련을 각각 받았다. 질곡의 역사(1970~1980년) 중에는 제3세계 신학, 제3세계 영화를 통하여 고통당하는 민중과 함께하는 현장 신학 수업을 했고, 이는 지금도 여전히 활기차게 진행 중이다.

한때 농민들과 함께 장성 옥천교회(1982~1993년)를 섬겨 활성화시켰고, 이후 말씀과 영성의 치유공동체인 서정교회(1993년~현재)에서 담임목사로서 은은하고 아름다운 섬김의 길을 걷고 있다.

이외에도 총회 사회문제대책위원장, 광주노회 인권위원장, 광산구 인권증진위원회 위원장, 광주 기독교협의회(NCC) 인권위원장, 6.15 남측위원회 광주 공동대표, 광산구 통일 한마당 상임대표로 활동하며 인권과 통일을 위해 올곧게 살아가고 있다.

국가 정보원 대선(18대) 개입 국기 문란을 질책하기 위해 광주 국정원 앞에서 삭발 후 세월호 삼년상을 치르는 광주 시민 단체에서 활동하면서, 세월호 기억과 약속을 새기기 위해 매일 한 명씩 이름을 부르고 기억하면서 보내기도 했다.

문학상으로는, 월간지 [문학공간] 시 부문 신인문학상, 충주문학관 문학상, 충주문학관 왕중왕전 우수상, 한겨레21 시 문학상, 정읍사 문학상 등을 수상했고, 부산문화글판, 용아 박용철 전국 백일장 등에서도 수상하는 영예를 안았다.

자, 지금부터 멋진 문학의 길을 걷고 있는 장헌권 시인의 옹달샘처럼 싱그러운 시 세계로 들어가 보도록 하자.

잿빛 하늘 아래 마지막 계절이 흔들리면
흰 저고리 검은 치마 걸친 외로운 그림자가 서성거린다
거칠게 깎인 단발 머리카락 눈발에 헝클어져
파랑새 어깨 위로 흘러내리는 삭힌 눈물 삼키며 하얀 날
갯짓을 한다
세월 보타진 가슴 흰 나비 되어
신발 벗겨진 채 발뒤꿈치 들고서
눈물범벅이 되어.

- [소녀상의 눈물꽃] 전문

이 시에서의 시적 화자는 흰 저고리에 검은 치마를
걸친 외로운 그림자가 되어 서성거린다. 잿빛 하늘 아
래 마지막 계절이 흔들거리고 있다. 시대 현실이 모순
적 구조 속에서 마치 마지막 계절에 직면한 것처럼 절
망적으로 흔들리고 있다. 이때 거칠게 깎인 단발 머리
카락이 눈발에 헝클어져 날린다.

시적 화자는 파랑새 어깨 위로 흘러내리는 삭힌 눈
물을 마음 깊이 삼키며 상상의 하얀 날갯짓을 하고 있
다. 아직도 파랑새 어깨는 살아 있다. 그리고 하얀 날
갯짓도 꿋꿋이 살아 있다. 비록 세월에 보타진 가슴이
지만, 흰 나비 되어 날고 있다. 비록 신발 벗겨진 채 발
뒤꿈치 들고 서 있지만, 비록 눈물범벅이 되어 있지만,

절망으로 치닫고 있지는 않다.

시적 화자는 다시 일어설 것이다. 아직도 시적 화자에게는 흰 저고리와 검은 치마라는 애국심이 자리하고 있고, 희망의 파랑새 어깨가 턱 버티고 있고, 진리의 하얀 날갯짓이 퍼덕이고 있기 때문에, 아무리 마지막 계절이 흔들린다 할지라도, 아무리 잿빛 하늘이 짓누른다 할지라도, 아무리 외로운 그림자로 혼자 된 서러움에 휩싸인다 할지라도, 보다 순수한 열정으로 신발 벗겨지면 발뒤꿈치 들고서라도, 눈물범벅이 된 감동 어린 감성으로, 역사의 진리를 향해 나아갈 것이다. 굳건한 의지가 시 전체에 묵직하게 깔려 있다.

장헌권 시인의 시 특성이 여기에 고스란히 묻어나 있다. 이웃의 아픔을 공감하는 상상력이 짙게 자리하고 있다. 진리와 진실에서 벗어난 것들을 결코 용납하지 않겠다는 결의가 이미지와 상징의 그릇에 정갈히 담겨 있다.

살구꽃 봉오리만 봐도
서럽고 눈물나는
봄

입맞춤으로

장헌권 시인의 시집 출간을 축하하며

엎어졌다가
다시 일어났다

살 속에
뼈도
눈물로 뒤범벅이다

봄 햇살 허리춤으로
합창하며

한 발
두 발
세 발

흥건한 슬픔의 피가
견고한 아스팔트 적셔
생명의 씨앗이 움트고 있다.
- [삼보일배] 전문

이 시에서의 시적 화자는 세 걸음 걷다가 한 번 절하
며 나아가고 있다. 살구꽃 봉오리만 봐도 서럽고 눈물
나는 봄에, 엎어졌다가 다시 일어나는 행동을 반복하

며 앞을 향해 나아가고 있다. 무엇이 시적 화자를 이렇게 만들고 있는 것일까. 살 속에 뼈도 눈물도 범벅이게 만든 세상 때문이다.

시적 화자는 봄 햇살 허리춤으로 합장하며 세 발자욱 나아가다가 다시 엎드려 절을 한다. 그때마다 홍건한 슬픔의 피가 견고한 아스팔트에 적신다. 아무리 견고한 아스팔트라 할지라도, 간절한 기도와 절규가 곁들인 슬픔의 피가 홍건히 적시고 또 적시면 거기에 생명의 씨앗이 움튼다. 진실의 문이 닫힌 시대 현실과 사회 구조적 모순의 벽에도 생명의 씨앗이 움트고 말리라는 메시지가 스며 있다.

이번에는 시적 화자가 기다림을 뜨개질한다. 그리고 노란 목도리를 챙겨 들고, 휘몰아치는 바람 틈으로 나아간다. 이때 겨울 하늘이 술렁거린다. 드디어 하늘도 감동하여 움직이기 시작한다. 여기서 노란 목도리는 세월호 희생자들을 비롯한 모든 억울한 죽음을 상징하고 있다.

그들을 대표하는 한 영혼, 학생증을 가슴에 단 세월호 희생자의 영혼이 절뚝거리며 뒷걸음질한 세상을 밟아가며 머나먼 길을 향해 나아간다. 삭풍 속에서 저미는 가슴 떨군 채, 함께 가는 아픔끼리 아우르며 오늘도 길거리로 나와 걷고 또 걷는다. 진실이 사무쳐 안길 때까지, 진실이 통하여 하나될 때까지 걷고 또 걷는다.
 장헌권 시들이 모두 가치를 부여받고 있는 점이 바로 이것이다. 이웃의 아픔을 결코 외면하지 않고, 먼저 뛰쳐나가 맞이하고, 그 정신을 육화하여 몸소 실천에 옮기는 행동파, 이게 바로 사랑의 실천이 아니고 무엇이겠는가.

 비옷을 입어도 속옷까지 적셔 오는
 시멘트 맨바닥에 쭈그리고 앉아
 발밑으로 느껴지는 척척한 시간을 만난다

 머릿속이 비워지면서
 마음을 뒤흔들며 늦게 온 그늘진 사람,
 남루한 시인의 쓸쓸함이
 수위실 담벽에 몸을 기대고 서성거리며
 지켜보고 있다

 해고로 가슴에 멍이 든 영혼들이
 두려움에 떨면서 순결한 목소리로 외치는 소리만
 허공을 가를 뿐

 그 속에서 꿈틀거리는 생명꽃을

그 보타져 가는 심정을
삭발과 소복으로 하루 하루 버티는
당신들의 눈물을 본다.

- [여름비] 전문

이 시에서의 시적 화자는 남루한 시인이다. 그는 쓸쓸함의 가슴을 안고 수위실 담벽에 몸을 기대고 서서 누군가를 지켜보고 있다. 비옷을 입어도 속옷까지 적셔 오는 시멘트 맨바닥에 쭈그리고 앉아 발밑으로 느껴지는 척척한 시간의 주인공, 그는 머릿속이 비워지면서 마음을 뒤흔들며 늦게 온 그늘진 사람이다.

과연 그는 누굴까. 바로 해고로 몸살 앓는 현대인들이다. 해고로 가슴에 멍이 든 영혼들이다. 두려움에 떨면서 순결한 목소리로 외치는 소리만 허공을 가를 뿐, 공허한 메아리만 뱅뱅 돌 뿐, 여전히 오늘도 보타져 가는 심정 안고, 삭발과 소복으로 항거하며 하루하루를 살아가는 서민들, 그 고통 속에서 꿈틀거리는 생명꽃들, 그들이 흘리는 눈물을 남루한 시인은 아프게 지켜보고 있다.

시대의 아픔이 한자리에 모여 있는 듯하다. 시적 화자는 앞에 나서서 목청을 높이지도 않는다. 조용히 관찰만 하고 있다. 그런데도 시대 현실에 대한 비판, 해고를 일삼은 자본주의 재벌의 폐해, 재벌의 뒤를 봐주고 있는 정부에 대한 날카로운 공격의 화살이 거세다.
 에둘러 표현하고 있다. 이미지 구현으로도, 상징의
기법으로도, 얼마든지 사회 참여의 시, 시대 현실 비판
의 시를 감동적으로 완성할 수 있다는 사례를 보여 주
고 있는 듯하다. 무작정 주제를 노출하여 철새처럼 지
저귀는 서술식 표현이 아닌, 시적 형상화의 바른 길을
제시하고 있는 장헌권 시인이 멋지다.

남평역 가는 길목 감나무 사이로
호젓한 동네가 앉아 있다
마당 구석진 곳에 자리한 작두샘에서
싱싱한 물 마시며 막내꽃으로 피었다
꽃봉오리도 잊은 채 청춘도 없이
짠 바닷물 고요하게 햇볕에 말려 가면서
뽀얀 새색시 반납하고 행상과 아파트 공사 현장에서
가을비 촉촉하게 젖어들어 울먹이며 파고드는 고통
잠 못 이루는 기나긴 삭풍에 단단한 흙속에 뿌리 박혀
뒤척이는 꽃이 저려온다
온몸으로 삭힌 가슴에 서럽게 핀 눈물꽃 되어 흐른다
절룩거리며 어둠의 골짜기 지나가는 어머니의 뒷모습에서
피에타를 본다.

- [홀로 피는 꽃] 전문

아직 끝나지 않은 이야기

이 시에서의 시적 화자는 남평역 가는 길목, 감나무 사이로 보이는 호젓한 동네에서 태어났다. 마당 구석진 곳에는 작두샘이 있었다. 그곳에서 막내로 태어난 시적 화자는 싱싱한 물을 마시며 건강한 어린 시절을 보냈다. 하지만 꽃봉오리도 잊은 채 거센 파도에 휩쓸려야 했다.

젊은 시절 짠 바닷물을 햇볕에 말려가면서 격렬한 투쟁의 길을 갔다. 뽀얀 새색시를 반납한 채 독신으로 행상을 하며 공사 현장의 막노동을 하면서 살았다. 가을비 내리는 날에는 울먹이며 파고드는 고통 속에 불면의 밤을 보냈다.

시적 화자는 그런 삭풍의 현실 속에서도 단단한 흙 속에 뿌리 박혀 뒤척이는 꽃이 그립다. 평범하게 농민이 되어 사회 현실에는 눈, 코, 귀를 막고 그냥 살아갈 수도 있었을 세상, 하지만 눈물꽃은 그러한 삶을 외면하도록 만들었다. 지금은 비록 어둠의 골짜기, 절룩거리며 걷고 있다.

그러다, 성모마리아의 무릎에 머리를 베고 누워 있는 예수, 그 피에타를 만나게 된다. 그렇다면 세상은 다시 피어날 것이다. 시적 화자의 무릎은 곧 성모마리아가 될 것이고, 피에타는 곧 그리스도가 될 테니까. 이 세상은 고통과 아픔에서 구원될 것이고, 화평과 진

장헌권 시인의 시집 출간을 축하하며 ▪️❘

리로 평정될 테니까.

　우리는 장헌권 시인의 다른 시들에서 흔히 만날 수
있는 상징과 이미지 구현이 여기서도 잘 이뤄져 있음
을 확인할 수 있다.

야트막한 자드락길 돌고 돌아
맨 안쪽 외딴집에 살살 부는 바람 소리 벗삼아
보송보송한 외로움이 문턱에 걸터앉아 먼산을 바라본다

야위어 가는 시간은
여름 소나기 지난 후 순한 민낯 세수를 한다

송알송알 하얀 웃음은
뽀얀 그리움을 자전거에 태워
송정 장날 버스정류장에 머뭇거리는 추억들을 불러서
쭈그리고 앉아 있던 헐거움 사이로 마실 나간다

쑥스러워 차마 말도 건네지 못한
곱디고운 얼굴에 분칠을 했지만
아련한 그리움을 꺼내어 만지는 상흔
척박한 땅에 은둔하다가
시나브로 기도하는 두 손으로

숨아주며 다독거려

영글어 가는 속살이 절절하다

마음 적셔 남몰래 흐르는 눈물

그 불그스레한 언저리에

고요 담긴 슬픔이 한올지다.

- [복숭아의 볼우물] 전문

　이 시에서의 시적 화자는 야트막한 자드락길을 돌고 돌아 맨 안쪽 외딴집으로 가고 있다. 거기서 바람 소리 벗삼은 보송보송한 외로움이 문턱에 걸터앉아 먼산을 바라보고 있다.

　점점 야위어 가는 시간을 안고 살아가는 시적 화자, 아니 외로움이 하루는 순한 민낯 세수를 한다. 모처럼 외출하는 날, 하얀 웃음이 뽀얀 그리움을 자전거에 태우고 길을 나선다. 송정 장날 버스정류장에 머뭇거리는 추억들을 불러 같이 마실 나간다. 쭈그리고 앉아 있던 헐거움도 만나고, 아련한 그리움을 꺼내어 만지는 상흔도 만나서, 척박한 땅에 은둔하다가 시나브로 기도하는 두 손도 만난다. 그 손으로 숨아주며 다독거려 영글어 가는 속살도 만난다. 마음 적셔 남몰래 흐르는 눈물도 만나고, 그 눈물의 불그스레한 언저리에 고요

장헌권 시인의 시집 출간을 축하하며 ■|

담긴 슬픔도 만난다.

  여기서 우리는 장헌권 시인의 현란한 이미지 구현을 만나볼 수 있다. 구상과 추상의 절묘한 배치가 특히 돋보인다. 외로움은 보송보송하고, 야윈 시간이 민낯 세수를 하고, 추억들은 버스정류장에 머뭇거리고 있고, 헐거움은 쭈그리고 앉아 있고, 아련한 그리움은 분칠을 하고 있고, 상흔은 그리움을 꺼내 만지고 있고, 눈물의 불그스레한 언저리엔 고요 담긴 슬픔이 있다.

  이 얼마나 기발하고도 선명한 이미지 구현 기법인가. 이러한 이미저리가 장헌권 시들을 보다 튼실하게 보다 감동 깊게 시적 형상화 쪽으로 이끌어 가고 있지 않나 생각하게 한다.

그리움 앓다가 일어나
기울어져 가는 시간
창가의 슬픔으로 기대어 있다

끊을 수 없는 질긴
자투리 실
모아

한 땀 한 땀

■ 아직 끝나지 않은 이야기

서툴게
어둠을 뜨고 있다

촉촉해진 눈가 적셔 가며
보고픔의 대바늘로
가지각색 설움의 실뭉치 풀어 가며

손발 저려도
벌거벗은 하늘의 아가별
포근하게 올을 감싸 주는
외로운 가슴.

- [뜨개질하는 엄마] 전문

이 시에서 시적 화자는 그리움을 앓다가 일어나 앉는다. 창가의 슬픔으로 기대어 있는 늦은 시간에, 뜨개질을 시작한다. 끊을 수 없는 질긴 자투리 실을 모아 한 땀 한 땀 뜨개질을 떠 간다. 서툴지만 이 땅을 짓누르는 어둠을 뜨고 있다. 눈가엔 촉촉이 눈물이 서려 있다. 뜨개질은 보고픔의 대바늘로 가지각색의 설움의 실뭉치 풀어 가며 뜨고 있다. 손발이 저려도 상관하지 않고, 벌거벗은 하늘의 아가별을 위해, 외로운 가슴을 포근하게 감싸 주는 옷 한 벌 뜨개질로 뜨고 있는 시적

장헌권 시인의 시집 출간을 축하하며

화자, 아이를 억울하게 잃고 넋이 나가 버린 엄마, 그
외로움이 그 아픔이 그 고통이 독자들의 가슴에 깊숙
이 새겨질 때까지 뜨개질은 계속 되고 있다.
　시가 어떻게 독자에게 다가가야 하는지를 아주 세련
된 시적 형상화로 보여 주고 있는 장헌권 시인은 이제
표현 기법의 세련미까지 고루 갖춘 듯하다.

　작열하는 오후
　헐거워지는 시간을
　옛사랑의 그림자가
　바큇살을 흔들어 깨웁니다

　그리움 따라 흐르는
　시꽃을 배달하기 위해
　시심을 안장에 태우고
　조용히 페달을 밟습니다

　안경테 너머로 흐드러져
　벌건 속살에 달라붙은
　추억의 들풀이
　춤을 춥니다

오르막길 내리막길
수그려 있는 외로움을
마구 휘어젓는
다리가 휘청거립니다

지칠 줄 모르는
새빨간 욕망에
수줍어 남몰래
아우성입니다.

- [자전거 타는 시인] 전문

이 시에서의 시적 화자는 시인이다. 하루는 자전거
를 타고 산책하러 나간다. 헐거워지는 시적 화자의 시
간을 옛사랑의 그림자가 바큇살을 흔들어 깨웠기 때
문이다. 뜨거운 태양이 내리쬐는 오후, 조용히 페달을
밟으며 길을 떠난다. 그리움을 따라 흐르는 시꽃을 배
달하기 위해서다. 그래서 시심을 안장에 태우고 간다.

안경 너머로 벌건 속살에 달라붙은 추억의 들풀들이
춤을 추고 있는 오솔길, 오르막길 내리막길 내내 수그
려 있는 외로움도 만난다. 그 길 위에서 자전거의 페달
을 밟고 있는 자리가 휘청거릴 때까지 페달을 밟는다.

내면에서 솟구치는 욕망, 지칠 줄 모르는 그 새빨간

욕망, 이 때문에 의식과 추억과 감성은 아우성이다. 그래서 수줍어 얼굴을 붉히지만 부끄럽지는 않다. 이미 수차례 경험한 듯한 감성이기 때문이다.

이 시의 처음부터 끝까지 이미지 구현이 빛을 발하고 있다. 시간과 헐거워지다, 옛사랑과 그림자, 그림자와 바큇살, 그리움과 흐르다, 시꽃과 배달하다, 시심과 안장에 태우다, 추억과 들풀, 외로움과 수그려 있다, 수줍어와 아우성, 욕망과 새빨갛다, 이렇듯 이질적인 사물을 서로 연결시켜, 적절한 보조관념의 활용으로 이미지 구현을 극대화시켜 놓고 있다. 대단한 시 표현기법의 활용이라 여겨진다.

이 정도의 시적 형상화라면, 그 어떤 상황, 그 어떤 의미, 그 어떤 사상도 소화해낼 것 같다는 믿음이 간다. 앞으로, 장헌권 시인의 명시 탄생이 기대가 되는 이유도 여기에 있다.

눈빛도 노랗고
털 빛깔도 노란 토끼
한 마리

어느 날
꽃풀

■■ 아직 끝나지 않은 이야기

맛있게 먹으려다 그만

무서워 떨고 있는
풀을 보고
차마 먹지 못했네

배고픔이 몰려오자
할 수 없이
하나님한테 물었네

무얼
먹고
살아요?

응 나는
보리수나무 이슬 바람 한 줌
아침 햇살 마시고 살지

저도
그리 살게
해주세요.

　　　　　- [하나님의 눈물] 전문

장헌권 시인의 시집 출간을 축하하며 ▮▮

이 시에서의 시적 화자는 눈빛도 노랗고 털 빛깔도 노란 토끼 한 마리다. 하루는 꽃풀을 맛있게 먹으려다 차마 먹지 못하고 그만 돌아서고 만다. 풀이 무서워 떨고 있었기 때문이다.

토끼는 배고픔이 몰려오자, 할 수 없이 하나님에게로 가서 물었다. 뭘 먹고 살아야 하느냐고. 하나님은 말한다. 보리수나무 이슬 바람 한 줌 아침 햇살 마시고 산다고. 토끼가 잽싸게 따라붙인 한마디. '저도 그리 살게 해주세요.' 여기서, 시적 화자는 곧 시인의 인생관을 대변한다.

이게 어쩌면 인류사의 문제점인지도 모른다. 먹고 사는 문제, 힘들게 살아가는 사람들, 사회 구조적 모순때문에 더더욱 살아가기 힘든 세상, 일부 재물을 독식하는 욕망 때문에 점점 더 확장되어 가는 빈부의 격차, 거대한 부조리와 비리가 횡행하는 사회, 불의와 억지와 모순이 팽배하는 자본주의 국가의 폐해 등으로 점점 왜소해 가는 서민의 생활상, 이를 조용히 고발하는 이 시를 통해, 우리는 숙연한 시간을 갖게 된다.

기도하지 않을 수 없는 이 현실 앞에서, 겸허한 마음가짐을 새롭게 추스르지 않을 수 없게 만드는 시, 장헌권 시의 매력이 여기에 있다. 현란한 시어들을 동원하지 않고도, 나지막이 호소하는 이미지 시, 그러면서

아직 끝나지 않은 이야기

도 독자들의 감성을 무섭도록 빠르게 파고드는 시심의
힘, 이게 장헌권 시인의 시들에서 공통적으로 만나볼
수 있다는 점이 놀랍기만 하다.

꽃잎에 촉촉한 슬픔으로
젖어 있는 어느 사월의 저녁 시간

노란 리본이 소박한 시꽃으로
절절한 사연 간직한 채 다소곳이 피어 있습니다

꽃 피는 봄이 오면
다시 일어나 걷겠다는 그대는
지금 어디에 있나요

꺾일 줄 모르는 꼿꼿한 자존심으로
바람이 꽃잎만 건들어도 아파했던 그대는
지금 어디에 있나요

사월이 오기 전
금요일에 돌아오겠다는 아이들 만나러
서둘러 가는 그대는
지금 어디에 있나요

마지막 떠나는 그 길에도
가슴에 노란 뱃지를 달고
시집을 가슴에 품고 가는 그대는
지금 어디에 있나요

그대의 아내가 관뚜껑에 눈물로 쓴 흔적이 말합니다

"영원한 내 사랑
참 수행자 당신은 이 시대의 진정한 성자입니다
끝까지 기억하겠습니다
여보 사랑해요
죽으면서도 내 무릎을 주물러 주셨던 당신
그 따뜻한 마음 기억하며 살게요"

이 영혼의 울림을 듣고 있는 그대는
지금 어디에 있나요.
　- [그대는 지금 어디에 있나요-정의행 님에게 바치는 시] 전문

이 시에서의 시적 화자는 정의행 님을 추도하고 있
다. 시간적 배경은 꽃잎에 촉촉한 슬픔으로 젖어 있는
어느 사월의 저녁 시간이다.
　노란 리본이 소박한 시꽃으로 다소곳이 피어 있다. 절

절한 사연도 곁에 있다. 꽃 피는 봄이 오면 다시 일어나 걷겠다는 님은 소식이 없다. 지금 어디에 있냐고 외치는 시적 화자의 속울음 속으로 독자들도 빨려든다.

도무지 꺾일 줄 모르던 꼿꼿한 자존심으로 살아온 님, 바람이 꽃잎만 건들어도 아파할 만큼 섬세한 감성의 소유자였던 님, 사월이 오기 전 금요일에 돌아오겠다는 아이들을 만나러 서둘러 가 버린 님, 마지막 가는 길에도 가슴에 노란 뱃지를 달고 간 님, 세월호 희생자들을 비롯해 이 땅에 억울하게 죽어간 원한을 담은 시집을 가슴에 품고 간 님, 떠나는 순간에 아내의 절절한 사랑 고백을 받고 떠난 님, 그 님이 떠나가는 이 시간, 독자들의 가슴도 같이 울고 있다.

독자들도 님의 아내가 관뚜껑에 눈물로 쓴 흔적에 가슴을 얹고 같이 다짐한다. 참 수행자인 님, 이 시대 진정한 성자인 님, 우리 모두 끝까지 기억할게요. 마지막 순간까지 따뜻한 마음 베풀었던 님, 님의 그 아름다운 흔적들이 이 땅에 고귀한 의미의 꽃으로 피어나길 빌게요.

시 마지막까지 독자들의 감성을 붙들어 놓고 감동을 주는 시의 힘, 이게 장헌권 시인의 시들에서 줄기차게 발견되고 있다.

지금까지 우리는 장헌권 시인의 시들 속으로 들어가 시 세계를 만나 보았다. 처음부터 끝까지 이웃의 아픔을 공감하는 상상력이 짙게 자리하고 있고, 처음부터 끝까지 이미지 구현을 통한 시적 형상화에 기초하고 있음을 볼 수 있었다.

　무엇보다도 보조관념과 객관적 상관물의 적절하고 절묘한 배치를 통하여, 시적 형상화를 이뤄냈다는 점, 또한 되도록 낯설게 하기를 통해 새로운 해석의 영역을 확보해 놓고 있다는 점, 시상의 흐름이 막힘없이 자연스레 흐르고 있다는 점, 사회 구조적 모순을 질타하는데도 목소리를 되도록 낮추고 은은히 감성의 파노라마를 타고 흐르는 이미저리를 통해 아주 은은히 호소하고 있다는 점, 그럼에도 불구하고 직설적인 주제 노출보다는 훨씬 강도 높은 사회적 비판을 시 속에 담고 있다는 점 등이 돋보인다고 여겨진다.

　시인은 자신만의 시야로 시적 대상을 바라볼 수 있어야 하고 탐색된 세계에 대해 가장 절실한 삶의 감각과 진정성으로, 또 예리한 영감으로 시적 형상화를 해야 한다. 그래야 시적 울림이 있고, 감동의 전율을 독자에게 안겨 줄 수 있다. 시는 언어 이전에 시인의 삶속에서 육화된 인품이나 체온과 같은 존재이다. 정서가 메마른 세상, 인간다운 품성이 상실된 시대에 순화

된 정서를 돌려 주고 심어 주는 역할을 시인이 해야 한
다. 그래서 고독할 수밖에 없는 시인, 그 고독 속에서
시인의 성찰과 사유가 나온다. 우리는 시를 통해 사물
을 통찰하고 삶의 의미를 깨달을 수 있다. 그래서 시
는 우리에게 구원의 빛이 될 수 있고, 위안의 안식처이
자 깊은 사색의 통로가 되기도 한다. 시는 시적 대상에
대한 상상력, 비전의 확대, 이웃의 아픔에 대한 공감과
이해, 정제된 언어의 조탁, 삶의 아름다움이나 성찰을
미적 가치의 그릇에 닮은 장르이기 때문이다. 이러한
시의 특질을 두루 갖춘 시를 창작해 가는 장헌권 시인
에게 이 시간 아낌없는 박수를 보낸다.

　앞으로 장헌권 시인의 다음 시집 발간까지 설렘 가
득 기대해 본다. 계속해서 시집을 내는 사이 수많은 독
자들의 사랑을 얻게 될 것이고, 한국 문학사와 세계 문
학사에 굵직한 선을 긋게 되리라 믿는다.

　삶 자체가 아름답고, 또 격조 높은 작품을 줄기차게
써 나가는 장헌권 시인, 참 멋지다.

　　　－ 낭만과 자유와 진실이 쏟아지고 꽃향 찬란한 초여름,
　　　　　　　　　　박덕은 문학관, 박덕은 미술관에서
　　　　　한실 문예창작 지도 교수 박덕은
　　(문학박사, 문학평론가, 시인, 소설가, 동화작가, 희곡작가, 화가, 사진작가)

작가의 말

봄은 꽃이다. 또한 봄은 바람이다. 봄은 시심에 스미고 마음에 봄꽃과 향기가 설레는 봄 마중이다. 그러나 봄은 봄이 아니다. 4월과 5월은 잔인하며 슬픔과 고통의 시간이다

"보고 싶다! 만지고 싶다!" 미수습자 가족의 절규다.
조은화, 허다윤, 남현철, 박영인(단원고 학생), 양승진, 고창석(단원고 교사), 권재근, 권혁규(권재근 님의 6세 된 아들), 이영숙 님.
우리가 바라는 건 단 한 가지!
돌아오지 못한 9명을 찾고 싶습니다. 머리카락 한 올, 손톱 하나라도 찾아서 가슴에 품고 싶습니다. 이처럼 절절함이 어디 있을까?

지금 나는 어디에서 무엇을 하고 있는가?

국가의 잘못된 행위로 인하여 제가 수렁에 빠졌을 때 정의의 손을 잡아 주시고 희생된 아이들과 가족들을 위해 따뜻하게 기도해 주신 장헌권 목사님께 이

책(세월호, 그날의 기록)을 드립니다. 비록 제가 집필한 책은 아니지만 진실 규명을 향한 저의 염원이 담겨 있습니다. 진상 규명을 위해 힘써 주신 은혜 영원히 잊지 않겠습니다. 감사합니다.

— 2016. 3. 15. 수현 아빠 박종대.

수현 아빠가 책과 함께 써 주신 내용의 글이다.
아무것도 한 일이 없는데 가족들에게 빚만 지고 살아간다.

예수는 시인이다. 하나님께서 우리를 시인으로 만들었다(엡2:10). 시인은 혁명가다. 땅에 하늘 원고지에 몸으로 시를 쓴 것이다. 예수가 땅위에 쓴 시는 하늘의 시다.

독일의 아우슈비츠 이전과 이후처럼 한국의 세월호 이전과 이후다. 아우슈비츠 이후 서정시는 가능한가?
세월호 이후 과연 진실과 정의는 살아 있는가? 아도르노가 말한 "아우슈비츠 이후에 서정시를 쓰는 것은 야만이다."라는 말에 공감한다.
세월호 이후에 서정시를 쓰는 것은 무엇인가 묻고 물어본다. 그래도 뭔가 해야 된다고 눈물로 시를 써 본 것이다.

선장 선원 재판 과정에서 가족의 억울함을 보고 아무것도 할 수 없는 무능함이다. 가족을 만나면서 차마 부를 수 없는 꽃들의 사연을 듣게 된다(〈차마 부를 수 없는 꽃〉 시집).

아우슈비츠에서 구사일생으로 생존한 작가 프리모 레비는 수용소 안에서 '무젤만'이라 불리던 사람들을 소개한다. '무젤만'이란 병약하여 독가스실로 직행할 수밖에 없었던 사람들을 말한다.

프리모 레비는 '무젤만'을 가리켜 "그들은 살아 있다고 부를 수도 없고 또한 그들의 죽음을 죽음이라고 부를 수도 없다." 살아 있으나 죽은 자와 같은 자다. 바로 세월호 가족들이 이 시대의 무젤만과 같다.

4월과 5월의 엄마 아빠들은 그래서 꽃만 봐도 서럽고 억울하다. 하지만 부활과 어둠이 빛을 이긴 적이 없다는 말씀으로 용기를 가지고 일어나는 카이로스와 같은 시간이다.

1부에서 시간은 강물처럼 흘러가지만 슬픔과 고통 그리움은 여전하다. 진실과 정의의 길을 가족과 함께 가는 마음으로 쓴 시다. 끝이 보이지 않지만 끝까지 함께 하겠다는 다짐이기도 하다.

2부에서는 기형도 시인의 〈우리 동네 목사님〉 시처럼 성경에 밑줄 긋는 목사가 아니라 생활에 밑줄 긋는 마음으로 길거리 위에 서 있는 시들이다.

아직 끝나지 않은 이야기

3부는 시를 품고 쓰는 마음이 시심이라고 하면 시심의 눈이 간절하고 절실할 때 한 번씩 써 본 시들이다.
　4월과 5월은 현재 진행형이다(진상 규명, 참사 책임자 처벌, 명예 회복, 보상과 기념사업). 그래서 시집 제목이 〈아직 끝나지 않은 이야기〉다.

　시집을 발간할 수 있도록 함께하시는 하나님께 영광이다. 그리고, 시의 본질을 통해서 시의 세계와 시의 맛을 알게 해주시고 시인의 길을 걸어갈 수 있도록 안내와 지도해 주신 한실 문예창작 지도 교수 박덕은 박사님께 진심으로 감사의 인사를 올린다.
　또한 좀처럼 다른 사람의 시집 추천사를 쓰지 않는 나희덕 시인께서 쾌히 추천사를 써 주신 것도 주님의 은총이다.
　서정교회 공동체와 가족, 시 수업을 함께하는 한실 문예창작 부드런 문학회 문우님들, 서영출판사 서동영 님, 그리고 삼년상을 치르는 광주 시민상주님들께도 감사를 드린다.
　하늘나라 수학여행 중 주님 품안에서 안식하는 우리 자녀들, 또 하나의 새로운 가족이 된 세월호 가족들께 이 시집을 바친다.

2016년 7월 시인 장헌권

祝詩

장 헌 권

박덕은

몽고에서부터 흘러온
시심의 강에
진실 고기가 뛰어들었다

비록 작고 왜소하지만
뜨거운 심장에는
영웅의 피가 돌고 있었다

순풍의 봄에는
탐구의 향기에
흠뻑 젖다가

비바람 흐느적거릴 때는
우산 없이 나아가
빈 들녘의 소리로 남고

눈보라 칠 적에는
매서운 눈길의 외침으로
어둠을 두드리고

꽁꽁 언 절벽 앞에서는
쩌렁쩌렁 메아리로
골짜기 칼바람에 맞서며

눈물겹게 살아온
진리의 발걸음 그 앞에
감동의 햇살이 쏟아져 내린다

한 손엔 기도 들고
다른 손엔 시심 들고
끄덕 끄덕 걷는 선각자

오늘도
영광의 깃발 꽂으려
야심찬 의지를 일으켜 세우고 있다.

차 례

1장 — 아직 끝나지 않은 이야기

2장 — 통일을 위한 기도

3장 — 헌책방 가는 길

아직 끝나지 않은 이야기

제1장 아직 끝나지 않은 이야기

박덕은 作 [4월의 바다](2016)

오매 뭔 일이다냐!

예말이오 으체야스께라
내 고향이 전라도 보배의 섬 진도랑께
시방 일어난 일 쪼까 우리말로 해볼랑께
한 번 들어 볼라요

오매 이게 웬 날벼락이다요
썽썽한 내 새끼들 아까워 죽겠찌라
그랑께 세월호인가 네월호인가
지난 4월달 15일 저녁 9시에
두 시간 늦추어서 인천에서 출발했찌라
뭐 염병한다고 안개가 끼어서
다른 배는 잠자고 있는디 뭐 잘났다고 갔쓰께라
그런디 그날 무슨 일 있었던가 알고 있스께라
그랑께 싸가지 없이 선거도 손대불고
간첩까지도 만들어 버려가꼬
느자구 없이 사과했지라
그라고 바로 여자가 입에 붙은 말로
잘못했다고 말했찌라

그것뿐 아니랑께

선장 대신 1등항해사가 선장해도 된다는 법을 바꽜따
께라
그날 단원고 학상들이 타고 갈 배가 아니라께라
면목고 학생들이 타고 갈 배고 오하마나호를 타고 가
야 하는디
바까 버린 것도 알 수 없찌라

그래가꼬 군산 앞바다 강께 배가 쬐끔 이상한 것 같
았찌라
쿵 하는 소리가 들린 것 같아지라 그라믄 거기서 어떻
께 해봐야제
쭉 가 부러가꼬 16일 진도 바다 물쌀이 쎈 곳으로 가
서 서 부렀찌라
그 시간이 아침 7시30분 정도 되찌라
속보도 나왔써라 근디 시방은 그것을 지워 버렸당께라
뭔가 숨기고 있는 것 안 갓소
맹그롬하니 쳐다봤찌라 산만한 배가 저렇게 서 있을께라
근디 계속 저렇게 있다가 배가 까파질라고 할 때
다 건지고 살릴 수 있는디
요상하게 선장 꼰대만 살라고 빤스바람으로
내빼고 있었찌라 그리고 배 안에 애기들한테
느그들 움직이지 말고 가만히 있으라고 했써라
그래 갖꼬 난리가 나 부렀소

싸게 와서 건져내야지라 근디 구하러 온 배도
없는 것 갖꼬 미국 헬리콥터도 오니까
가라고 해뿌리고 이것이 뭔 일이다요
으채 말에 뻬가 들어 있능 것 같아서
듣기에 쪼깐 거시기 하요

근디 방송들이 솔찬히 거짓말해라
아슬아슬 까파지는 배를 볼랑께
요상해라 서로 짜고 한 것 같았라우
학상들 전원 꺼냈다고 했지라
거시기 속이 터질 것 가타라
그 난리통에 뭔 짓꺼리 헀는지 밝혀야겠지라 안 그렇쏘

그 통에 환장하고 자빠진 일이 있써라
뭔 나빠닥 가지고 대통령이 와야 쓰것쏘
1초도 아까운 시간에 차가운 물속에 있는
새끼들 건져내야지라 이 바쁠 때 염병하고 자빠진 것
이지라우
그라면 안 되지라

거기에 느자그 없이 장관이라는 자슥들 보께
경찰들 오매 저 썩을 놈들 잔 보소
빨랑빨랑 건져내지는 않고 회의만 하고 있는디
짝대기 으디 있단가 다리몽뎅이를 뿐질라 블랑께

그 아까운 시간 다 놓쳐 불고 아까워 죽겠쏘
참말로 알다가도 몰긋당께라

이 일을 으체야스께라 아들이 이런 문자를 했당께라
"우리 진짜 죽을 것 같아 배가 기울였어
애들아 내가 잘못한 것 있으면
다 용서해 줘 사랑한다" 그라고
"엄마 내가 말 못할까 봐 보내 놓는다 사랑해"

형편이 어려워 엄마가 사준 옷을
기뻐하며 사진을 찍었찌라
아끼다가 침몰하는 배에서
교복을 벗고 새 옷으로 갈아입었찌라
발견된 시신에서 마치 수의처럼 입었찌라

잠수부가 그런디 배 안에 문틈이랑
시신이 끼어서 잘 안 빠지면 엄마한테
가자고 하면 바로 빠져나오는
이야기도 들어봤는디 이런 새끼들
어른들이 다 죽였으니 천벌을 받아도 싸지라

한 명도 못 건져 낸 것이 국가라고 생각하시오
잡것이제 아니 그랑께 그냥 안 건진 것이 맞지라
더럽고 추잡스러운 정부라고 처음부터 알아봤찌라

태어나서는 안 된다께 맞찌라

지금 우리는 슬픔과 추모로 세월을
탕진할 때가 아니랑께
80년 5월달에도 광주민주화운동이
폭도들 짓이라고 난동을 부린다고
씨부렁거렸던 소리가 쟁쟁하고만요
지금도 유언비어 괴담에 속지 말라고 하지라
어뢰니 잠수함이니 폭발했다니
그 통에 주한미군 주둔비 증액 연간 9200억 통과
철도 민영화 가는 길
엄청난 것들을 막 통과시켜 불고
오바마 지가 먼디 애도하자고 한 것도 이해가 안 가
라우
그래가꼬 딴 곳에 관심을 가게 해서
일 저질러 부린 것이라 즈그들은 오져 부렀지라

지랄염병하고 있지라 그라고 봉께
인자 쬐금 알 것 같찌라
그런디 맬갑시 잘 알지도 못함시로
그른 소문 당최 내지를 마시오
그러다가 혼나면 어쩔라고 그라요

목사가 속창아리 없이 무슨 소리를

그렇케 하시오 어쩔라고
"아따 별 꺽정 다 하시오
목사가 깜방에 가면 국립 수도원에 간다고 생각해야
지라
죽으면 순교지라"

이 밝은 날에 300명이나 되는 피지도 못한
꽃들을 건져내는 심정을 알기나 아요
더러운 탐욕의 똥덩어리 한 명도 안 꺼낸
무능한 씨발 정권 땜시 못 살겠소 복창 터져 못 산당
께라
요런 드런 놈에 시상 더 보고
안자 있을 수 없찌라 팍 엎어 불고 새 시상 맨들어야
겠소

"애들아 미안해 느그들이 없어서 마음이 짠하다"
끈뜩하면 남 탓 함시로 먼 구신 씨나락 까묵는 소리를
하고 짜빠졌다냐 인자 눈물로 쑈 하지 말고 썩 물러
가라
그것이 책임지는 일이다

이제 다 가치 일어나서 청기와집으로 가장께라
아그들아 쬐그만 참아라 어른들과
느그들 친구들이 가만히

있지 않고 있는 것 알고 있찌

하늘나라에서 지켜보고 있꺼랑
그라고 아직 물속에 있는 아그들아
은화, 다윤, 현철, 영인아
엄마 아빠가 보고 싶당께
빨리 나오그랑 어서 내 새끼들아 보타져 죽겠따

고창석 선생님, 양승진 선생님
권재근 님, 권혁규 님, 이영숙 님
어서 나오시오
알았찌라 .*

박덕은 作 [세월호](2016)

*〈죽음을 넘어 사람 사는 세상으로〉 세월호 추모시 낭송회(2014.5.30)
광주 금남로 공원에서 김준태 시인과 함께 낭송한 시.

■■ 아직 끝나지 않은 이야기

내릴 수 없는 배

짙은 안개가 바다를 여전히 가득 메우고
뱃고동은 울면서 서서히 움직인다

얼룩진 물결 따라
해수 밑으로 콧구멍이 젖어드는 순간

돌아올 수 없는 마지막 항해
아슬아슬한 시간들

선장과 선원들은
아랫도리 지갑을 만지작거리며
힐끗힐끗 통화를 하고

또 하나의 침묵이
어느 순간 물이 되어
젖어 가는 그리움

지금도
침몰 중이다.

다시 걷는 길

기다림 뜨개질하여
노란 목도리 챙겨
휘몰아치는 바람 틈으로
겨울 하늘 술렁거린다

학생증
가슴에 달고 머나먼 길
절뚝거리는 다리로
뒷걸음질한 세상 밟아가며

저미는 가슴 떨구고
삭풍 속에
아픔끼리 아우르며
오늘도 걷고 또 걷는다.

뜨개질하는 엄마

그리움 앓다가 일어나
기울어져 가는 시간
창가의 슬픔으로 기대어 있다

끊을 수 없는 질긴
자투리 실
모아

한 땀 한 땀
서툴게
어둠을 뜨고 있다

축축해진 눈가 적셔 가며
보고픔의 대바늘로
가지각색 설움의 실뭉치 풀어 가며

손발 저려도
벌거벗은 하늘의 아가별
포근하게 올을 감싸 주는
외로운 가슴.

남몰래 가 보고 싶다

한겨울
저문 시간 바닷가에
홀로 서 있다

질척한 세월의
슬픔 간직한
팽목항

우체통에 젖어 있는
영혼의 꽃들에게
안부 전한다

바지선에 올라가
울컥거리는 비밀을 물으며
물살을 만진다

바람길 따라
숨쉬고 있는
절박함

등대 불빛 아래
두고 온 그리움 건져
살포시 담요를 얹어준다.

박덕은 作 [팽목항](2016)

고요한 금요일

자욱한 안개 마시며
달콤한 여행 꿈꾸는
이 짧은 시간

숨도 쉴 틈 없이
떨리는 가슴에 후벼파고
들어오는 상흔들

칠흑 같은 어둠의
기다림에서
고스란히 보듬는
시간으로
애간장이 녹는다

울음이 울기만 하다가
숨소리까지 몸부림치는
망가진 꽃들 앞에
말이 없다.

■■ 아직 끝나지 않은 이야기

칼바람 부는 사이

치열하고
고단한 시간
내려놓고

뜨끈한
포장마차에
기대어

그리움으로
애타는
보고픔에 사무쳐

지그시
꽃자리가
손짓을 한다.

함께 걷는 길

질겅거리는 시간을 지나며
말라버린 연꽃들이
푸석푸석해진 비밀을 들추어내는 듯
칼바람 휘몰아치는 하늘을 바라보면서
투박한 손을 잡고
진실의 길을 걷는다

구부러진 돌담길 지나는 그리움을
휠체어에 실어 가는 뒷모습이 아려오는 절절함
왈칵왈칵 삭히며 가는
오르막길 걷는다

찬찬히 고요에 기대어
울고 웃는 얼굴들을 포개며
오열하는 외로움을 달래며

기울어져 가는 추억을 간직한
목젖 타는 속울음으로.

명예 주민등록증

새삼스럽게
설레며 기다리고 있었을걸

친구들에게
으쓱하며 내밀었을걸

이제 나도 어른이라고
뿌듯하게 드러냈을걸

가슴에 피어난
청춘의 꽃 자랑스레 담고 다녔을걸

풋풋한 꽃으로
피지 못한 얼굴인걸

소년과 청년 사이에
멈춰 버린 서글픈 우주인걸.

꿈

감질나게 짧아진 적막한 가을
예배당 뒷집에
외로움 서성거리다

맹골수도에 피지 못한
꽃들 생각으로
눈물비 촉촉하다

지하실에 내려와
우두커니 앉아 오지 않는 전화 만지작거리며
뒤척이는 아픔으로 보타진 마음

저미어 오는 가슴 부둥켜안고
풋풋한 살결 내음
서글픈 기쁨으로
새삼스럽게 만지고 싶다
사무치게

불러보고 또 불러보다가
멍하게 깨물어 보고 싶은
숨결을.

■ 아직 끝나지 않은 이야기

18번째 생일

서걱대는
정적과 침묵만
흐르는 방

주인 없이 돌아온
신발 한 짝
책상 위에 꿈을 접은 채
잠자고 있다

시린 세월 애달퍼
침대에 전기장판 깔아
그리움 따숩게 하는
엄마의 절절함

영글어 가는
하늘나라의 슬픔을
가슴에 담는다.

생일

저물어 가는
시월 어느 날
노란 리본 나부끼는
등대 옆

애타게 기다리며
그리웠던
하나밖에 없는
소중한 선물

캄캄한 바닷속
슬픈 가슴으로
하얀 꽃 피는
세월

밥과 미역국의
눈물 밥상에 쓰라린
촛불 열여덟 개가
가물가물 넋 잃는
시간.

그리움 · 1

한밤중
은밀히
추억의 살갗에
몸을 내려놓고
더듬는다

홀로
입맞춤으로
마음껏
황홀함을 즐기고
윙윙 하늘을 돌아다니다

불그스레히
상흔으로
사무치는 세월
옷걸이에 걸어둔다.

그리움 · 2

가슴 찢어지는
먼 허공
바라보는 세월

문득문득
머물던 순간들이
말을 걸어오고 있다

토닥거리는 외로움
다시 껴안아
절절한 사연들

깔깔거리며
떠들었던
낭만의 파편들

영혼의 너울거림에
노란 리본 만지면서
수학여행 떠난다.

아직 끝나지 않은 이야기

진혼곡

횅하게
무너진
자리에

가슴속
깊이 박힌
피눈물 섞어

울컥울컥
쏟아지는
눈물바다

법정까지
스멀스멀 밀고 들어와
허우적거린다.

안산 가는 길

가을비 촉촉이
적서 가며
세월꽃 슬픔이
숨쉬는 길

노란 리본 챙겨서
그리움의 호주머니에 담아
만지작거리며 가는
상한 영혼의 길

나뭇가지마다 피지 못한 꿈들이
스치는 바람에도 고개 숙이며
수척해져
통곡하는 길

여린 잎들에서 흘러내리는
외로움이 스며
붉어 사각거리며
어둠을 부식시키는
뜨거운 청춘의 길

나이가 멈추어 버린
고운 살결들이 머뭇거리다
하늘 공원으로
영원한 수학여행 떠나는 길.

박덕은 作 [안산 가는 길](2016)

나는 보았네

눈부신
무등산 아래
지천으로 밀려오는 그리움

간혹
한숨 소리가
고요를 깨우면

달빛 촉촉하게
흐르는 속울음을
삼키며

법정에 앉아 있는
아린 시간의 뒷머리에
노란 리본으로 피어나

도란도란
머릿결 만지며
고요히 속삭이네.

아직 끝나지 않은 이야기

교도소에 보낸 편지

저 맹골수도에서
울고 있는 꽃울음소리 향해

시커먼 바닷물 울컥울컥 마시며
떠내려가는 혼들 위해

이제 항로를 바꿔
벌떡 일어나

꺼내 보기도 먹먹한
시간 흘러가도록

간곡한 숨소리
뼈마디 삭아오는
속울음 토하게 되길
제발.

세월호 등대

빨간
하늘나라
우체통 옆

스스로
토해내는
붉은 울음

담백하게
우뚝 서 있는
극한의 외로움

끝 간 데 없이
멍든 바다를 굽어보는
애틋함

아스라이
진실이 침몰되지 않도록
울고 있는 영혼의 빛.

하늘나라 우체통

갈바람이
살갗에 서늘히 와 닿는
고즈넉한 시간

저 둥근달처럼
환하게 웃으며
돌아온다는 답장도 없다

새 주소 모를까 봐
투박한 명함과 함께
이름 석 자 눈물 적셔 가면서
불러 본다

아직 목소리
듣지 못하면
직접 님들이 머문 곳으로 갈까

아니면
빨간 세월호 우체통 짊어지고
하늘나라로 갈까.

침몰하는 추석

소슬한 가을바람은
상처를 후벼 파고들고

휘영청 달은
부러진 세월호에 기대어
애끓는 슬픔으로
일렁이고

시방
밝혀졌나요

읊조리는 하얀 꽃들은
울음으로 나직하게
물어 보고.

기다림

팽목항 등대 앞
아직 바다에
남아 있는
꽃송이

열 개의 노란 깃발
밤바람에 나부끼며
흐느끼는
슬픔

보타지는 그리움에
말라 버린 눈물로
나지막이 불러 보는
보고픔

미치도록 아려오는
외로움을 뒤척이며
남몰래 쓰는 낙서.

일인 시위

오늘도 나는
서 있다

잠자는 양심을
깨우기 위해

침몰한 진실을
끄집어내기 위해

말라버린 정의의 꽃
물 주기 위해.

박덕은 作 [일인 시위](2016)

법원 가다

푸름을 가슴에 담고
시민 상주가 되어
진실 마중의 띠 잇기를 위하여

무등산 아래
지천으로 그리움이 밀려오는
피우지 못한 꽃들의
사연을 듣기 위하여

솔직히 말하지 않고는
뭔가 얹혀 내려가지 않아
옴짝달싹 할 수 없는
가슴 응어리를 토하기 위하여

눈물 섞인 주먹밥
손에 꽉 쥐어 주면서
울컥거리는 울음 참아가며
멀리 가는 길 보기 위하여.

왜

사월인지 오월인지
봄인지 여름인지
헷갈리는 나날들

어린 꽃들의
처절한
몸부림

가슴이 부러져
속 타오르며
물컥거리는 슬픔

역전과 광장마다
시린 촛불꽃과 노란꽃으로
흐드러지게 피어나다.

2014년 4월 16일

다 큰 것처럼
우쭐대지만
아직 세상물정 모르는
풋풋한 아들딸들

세월꽃들이
엄마 아빠 부르다
손톱 다 닳아져
학생증 움켜쥐고
스러져 갔다

이제 견딜 수 없는 날들
울컥울컥
눈물로만
세월 탕진하지 말자

이제 내 탓이다
가슴 치며
절규로만
시간 낭비하지 말자.

팽목항으로 가는 길

"우리 진짜 죽을 거 같아 배가 기울었어
애들아 내가 잘못한 거 있으면
다 용서해 줘. 사랑한다."
서로 묶은 구명조끼
손톱이 다 닳아진 생명꽃들이
사그라진 곳을 향해 가고 있다

"다른 애들은 다 나오는데
너는 왜 여태 소식이 없니.
아빠는 네가 정말 보고 싶은데
이제는 와야 하지 않겠니."
허탈하게 젖은 목소리가 흐느끼며
가슴 치는 곳을 향해 가고 있다

"우리 아들 물속에서 춥단다. 빨리 데려와라.
바다에서 우리 아이들 빨리 데려와라."
부둣가 우두커니 걸터앉아
이미 해가 져 사위가 컴컴해진 바다를
하염없이 바라보면서
보타진 마음 두들기는 곳을 향해 가고 있다.

■■ 아직 끝나지 않은 이야기

손바닥 편지

흔들리어 차마 부를 수 없는
꽃들을 날마다 만난다

수줍어 붉은 볼 만지면서
풋풋함 스며 있는
여린 목소리 흠뻑 껴안는다

그리움 한켠에
켜켜이 쌓여 있는 사연
마른손으로 남몰래
쓰고 또 쓴다

쓰다가 그만
우두커니 달빛 젖어드는
눈빛과 마음 주고받는다

손금 그어
껴안고 또 껴안아
자지러진 보고픔
말갛게 그린다.

사월 바다

억센 샛바람 뚫고
쉼 없이 연둣빛 자라
피고 또 피어

엷은 해무 위로
부표처럼 떠오르는
아지랑이에 휩싸여

끝없이 흘러 흘러
아련히
수평선 가슴에 멍든 쪽빛

침몰한 시간 바라보며
고요 속에서 속울음 삼키며
매일 아침 꽃밥을 준비하면서
차마 부를 수 없는 이름을
읊조린다

어서 붉은 마음 시들기 전
환하게 돌아오길,

팽목항 기다림 의자에
바람과 별과 새가 되어.

박덕은 作 [기다림 의자](2016)

아직 끝나지 않은 이야기

새벽안개 출렁이는 바다 위 뱃고동 소리
엄마 곁으로 살갑게 다가와
낭만바람 일으킨다

'엄마 카메라 필요해'
'엄마 트레이닝도 사야 해'
'쇼핑 끝나고 고기 좀 사 줘'

'한 번 사는 인생 재미있게 살자'
좌우명 그 아래로
시베리아 눈보라 뚫고
기차 여행이 달린다

생명불꽃 연구하는 과학자 꿈꾸며
추억 사진 많이 찍어 환하게 웃는 모습
보여주겠다던 멋쟁이 아들에게
십자가 아래 고요히 무릎 꿇고
기도하는 엄마의 마지막 선물

'이 운동복 입고 하늘나라 운동장에서 뛰어라'

아들 일기를 눈물범벅으로 읽다가
이윽고
그 눈물마저 말라 버린다

욕이 아니면 견딜 수 없어
욕쟁이 되고 마는
믿음

'폐렴도 있구여 신우신염도 재발이래요.
다른 분들은 몰랐으면 해요.
막 울었더니 기운이 하나도 없네요'

하늘이 아파서 떨던 별이 이제는
바닥으로 내려와 신음한다

몸서리쳐지는
긴 터널
끝이 보이지 않는다

토해 낼 수 없는 설움에
보고픔 사무쳐
가슴 아리다

십자가에 달려

망가진 예수를
무릎에 앉힌다

바람 한 점 없는 날
벚나무 아래에서
추억 사진 꺼내고 수학여행 떠나는 그날처럼

십자가에서
피눈물 범벅이 된
긴 침묵을 삼킨다.

박덕은 作 [아직 끝나지 않은 이야기](2016)

사람꽃

연초록 싱그러움
어우러지는 날
촛불들이 모여 다짐을 한다

손과 손 마주잡고
막막했던 생각들 추스려
안부 편지 꺼내 읽는다

그리움에 기대어
외로움의 뜨개질 하면서
다독거리며 상흔 보듬어 준다

따스한 손길 내밀어
차마 부를 수 없는 꽃봉오리들
남은 길 끝 보이지 않더라도

마지막까지 잊지 않고
함께 긴 밤을
걷고 또 걷는다.

잊었는가요

슬픈 항구에
짙은 안개로 스며드는
별꽃

토해 낼 수 없는 설움이 침몰하는
어두운 바다 밑의
눈물꽃

보고픈 마음 사무쳐
호올로 피어 있는
생명꽃

무심코 걷다가
가슴에 일렁이며 속삭이는
노란꽃.

삼보일배

살구꽃 봉오리만 봐도
서럽고 눈물나는
봄

입맞춤으로
엎어졌다가
다시 일어났다

살 속에 뼈도
눈물로 뒤범벅이다

봄 햇살 허리춤으로
합창하며

한 발
두 발
세 발

흥건한 슬픔의 피가
견고한 아스팔트 적셔
생명의 씨앗이 움트고 있다.

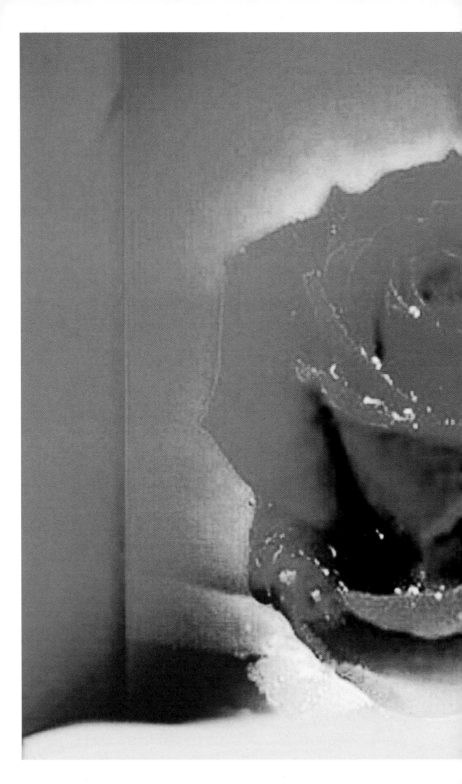

제2장 통일을 위한 기도

박덕은 作 [기도](2016)

소녀상의 눈물꽃

잿빛 하늘 아래 마지막 계절이 흔들리면
흰 저고리 검은 치마 걸친
외로운 그림자가 서성거린다
거칠게 깎인 단발 머리카락 눈발에 헝클어져
파랑새 어깨 위로 흘러내리는 삭힌 눈물 삼키며
하얀 날갯짓을 한다
세월 보타진 가슴 흰 나비 되어
신발 벗겨진 채 발뒤꿈치 들고서
눈물범벅이 되어.

박덕은 作 [소녀상](2016)

애기동백꽃

스산한 가을 하늘 아래
망망한 바다
거센 바람 타고
작은 꽃 허우적거린다

초록잎 짠물에 시든 꽃봉오리
긴 침묵으로 떠내려와
외진 해변의 시린 모래 적신다

갈매기 서둘러 돌아와
미소 띤 꽃입술에
눈물만 뚝뚝 흘린다.

혐의 없음

눈발 날리는 어스름
시를 만나기 위해 달리는 차창 밖
고추바람이 고요한 머리를 뒤적인다
얼마 후 상처 난 마음끼리 서로 마주본다
결국 호출이다
출판물에 의해 명예가 구겨졌다는 것이다
타인의 아픔을 가슴에 담는 것이 궂은일이 된 것이다
낡은 시집 머리에 쑤셔 넣고
여자 조사관 입을 향해 눈으로 말했다
그 사이 자판 두들기는 소리가 말라 버린 생각을 추
스린다

어느 날
요금 후납으로 증거가 불충분하여 죄가 성립되지 않
는다는
늦가을 햇살이 도착했다
허공을 물끄러미 바라본다.

하늘벼랑

속절없이 봄에 올라와
다시 봄이 지나고 맞이하는 여름
엉성한 굴뚝의 늦은 장맛비에 흠뻑 젖어 있다
가로등만 비추는 공장 굴뚝에 사람이 있다
중간 난간에 매달려 하염없이 바람이 되어 어둑어둑해지는
그 틈에 손님이 찾아온다
잠들지 못하고 하얀 새벽을 맞는 농성장에는 쥐새끼 한 마리 놀고 있다
다른 한쪽에는 암탉 한 마리가 꼬끼오 하다가 자빠진다
수탉들은 은밀한 자판기를 만지면서 사시나무 떨 듯이 꼬꼬댁이다
기형의 붉은 마음이 흐르고 있다
그 사이 고양이는 먹이를 말끔히 먹고 사라진다
안개 속에 먼지가 가득하다
켜켜이 쌓인 동지들의 마음을 담아
구겨져 있는 하늘에서 보낸 문자를 받는다
내려온 땅의 감촉을 맛보자마자
체포된 하늘은 이미 하늘이 아니다.

통일을 위한 기도

베갯머리 적시며
지칠 대로 지치고
보타질 대로 보타지는 가슴
찢겨진 상처투성이
치유하게 하소서

남과 북은
휘청거리며 서성대고
삼팔선은 더욱더 견고해지는 사이
가로막힌 담을 허물어
한몸 한맘 되어
평화 넘실거리는
한겨레 되게 하소서

저 백두 북쪽
저 한라 남쪽
얼싸안고
입을 맞추며
눈을 마주보고
춤추는 그날 되게 하소서.

아직 끝나지 않은 이야기

나는 너만 생각했다

막차는 떠나고 더 올 차도 없는 한밤중
겨울비 추적추적 내리는 사이
나무껍질 뚫고 나와 꽃망울 터뜨리는
꽃들이 느닷없이 폭설을 만났다
눈보라가 뼛속 깊은 통증이 된 지 오래
서로 마주보며 눈물 젖은 입술에
초코파이 쪼개 나누어 먹었던 달콤한 시절
부대끼며 정들었던 순간을 붙들고 한없이 울었다
눈물로 녹슬어 있는 생각 헹궈 가면서 안아 주고 다독
거리는
낭만의 순간들이 공장의 흐린 불빛 아래 서로 껴안는다
기계 소리 저 너머 쌓인 눈 봄노래 되어 그리움의 꽃
봉오리
활짝 피는 그날이 덩그레 서 있다.

평양에 두고 온 수술 가방

을씨년스러운 낡은 세월이
몸 뒤척이며
메마른 시간을
애련히 다독이고 있다

절름발이가 되어 있는
민족의 눈빛이
아련한 불꽃으로
살아 있다

어긋난 분단의 뼈를
수술하기 위하여
일렁이는 마음 다져가며
닳아진 관절을 만지다

다시 가야 할 그곳
마지막 흘리는
말간 눈물 한 방울이
가슴을 적신다.

무등산

두루 고요하고 포근한 무돌길
진달래 능선 뻗어
산허리까지 올라가
온 산 물들인 분홍빛 낭만

장불재 솟는 샘골
울창한 숲에
치마바위 사이로 쏟아지는
청춘의 울림

소슬한 바람에
설렘 피워
하이얀 억새꽃 그리는
하늘 시인의 원고지

외로움 갈아입고
호사스러운 잔치 준비하는
맑은 영혼의
눈꽃 기도.

삭발 후

창틈으로
쓸쓸한 달빛이
고요히 스며드는 시간

대충 허기진 뱃속 달래고
저항의 고단한 옷 잠시 벗어
선선한 바람결에 걸어둔다

사그라지지 않고
꿈틀거리는 그리움 붙잡아
손빨래하여 빨랫줄에 널어 두고

젖어 있는 외로움
떨리는 살로 체포해 놓고서
초가을밤의 적막을 설거지한다.

촛불 시위

푹푹 찌는 아스팔트 위에
작은 불꽃 심어두고
너울너울 춤추는 부드러움

좀처럼 마르지 않는 심지에
가녀린 속살 만지며
조용히 눈물 흘립니다

말없이
서로 손잡아 주는
광장의 어둠 껴안고서

온 우주가
점점 환해지기 전에
노란빛으로 시꽃을 그리며

몸에 흘러
바닥에 떨어진 얼룩
가슴에 담아 불끈 일어서며.

대전 교도소 가는 길

초록이 풀렁거리는 잠포록한 날
질박한 마음으로
한밭을 향하는 시간

그리운 당신 찾지 못해
서러운 추억이
울타리를 가로질러 가고 있다

안부를 부탁 받은 사연
미리 보내는 시인의 길은
오늘 따라 평온하다

일정한 방향으로 가다가
좌회전 가는 텃밭에
수의를 입은 상혼들이
눈 시리도록 하얗다

한 발 한 발 얕은 언덕을
오르는 시심이
유난히 담백하다.

임진각

뜨거움 쏟아지는
마른 오후

속살 태우는
망배단 앞

하늘과 땅
맞닿는 몸짓

부서진 세월 밟으며
치밀어 오르는 아우성

철조망의 눈물꽃
붙잡아

가난한 시인의 맑은 하늘에
걸어두다.

오월의 시인

남도 망월동 가는 길에
이팝나무꽃이
흐드러지게 피어 있다

꽃 진 자리의 시심은
꽃잎 스러져 간 세월 달래며
천천히 걷는다

풀꽃 향기 한줌 가슴에 담아
외로움이 사무칠 때마다
조용히 만진다

눈이 시리도록 쏟아지는
찬란한 그날의 주먹밥을
하얗게 먹으며.

아직 끝나지 않은 이야기

주먹밥

까마득한 하늘에
바람도 서성거려
몹시 후덥지근했던 그날

무등산 아래 이 골목 저 골목
순결한 손으로 짓던
생명의 밥

보타진 설움 너와 내가 한몸 버무려
물컹하고 부드럽게 넘어가던
하늘의 밥

어머니가 차려 주었던
피와 땀 범벅된 그 애절한
영혼의 밥

허기진 목숨
가슴 맞대고 소리 없이
담백한 입맞춤으로 뭉쳤던
오월의 밥.

님을 위한 행진곡

뜨거웠던 그날의 가슴 시린 사연
이팝나무 사이에 걸어두고
피로 얼룩진 시간들 꺼내어
조용히 눈감고 만져 봅니다

낮에는 방직 공장에서
밤에는 들불 야학에서
또박또박 그리던 세상

어느 날 자취방 깨진 방바닥 틈새로 스며든 죽음
새날이 올 때까지 흔들리지 말자고 다짐했던 그대
가슴 미어지는 순결한 영혼 둘이 하나되는 넋풀이
두 남녀의 거룩한 진혼을 위해 부른 노래
남녘의 춤꾼에게 띄우는 시 뫼비나리

사랑도 명예도 이름도 남김없이
한평생 나가자던 뜨거운 맹세
동지는 간 데 없고 깃발만 나부껴
이층집 창문에 두꺼운 담요를 덮어 씌운 뒤
깨어나 소리치는 끝없는 함성.

판문점의 봄

봄꽃이 안부 묻는 묵은 땅에
거세당한 평화가
처절한 그리움으로 보타져 있다

실성한 봄비는
잘린 허리 사이로
촉촉이 스며들고

척박한 젖가슴에
누워 있던 풀꽃들이
절룩거리며 걸어간다.

박덕은 作 [판문점](2016)

꽃이 되어 바람이 되어

야수들이 어슬렁거리는
칠흑 같은 세월에
꽃이 되어 바람이 되어

시계 소리도 멈추는 고통 속
보타진 숨결에도 하염없이
꽃이 되어 바람이 되어

삼켜진 온몸
영혼 밧줄에 꽁꽁 묶여도
꽃이 되어 바람이 되어

죽음의 강 건너
치 떨리는 역사에 밑줄 그으며
꽃이 되어 바람이 되어

혹독한 계절에
몇 줌의 따사로움처럼
꽃이 되어 바람이 되어.

꽃만 봐도 서러운 그날

봄빛 가득찬 길가에
하늘의 쌀밥나무들이
흐드러지게 피어 있습니다

오월 꽃잎들은
속잎 겉잎 섞어
꽃무덤으로 엎드려 있습니다

하늘 닮은 영혼들이
주먹밥 얼싸안고
춤을 춥니다

하얀 가슴들이
눈 시리도록 쏟아지는
싱그러움으로
새벽길 열어둡니다.

그때처럼

지금도 가끔 온몸에 힘이 빠진다
실버들 초록빛 자욱한 봄날
소름이 꽃피고 광주천변에 서 있는 나무는 눈을 감는다
하얀 밤 마주하며 비틀거리는 걸음으로 뒷골목 서성
거리다
입안이 헐어, 밤새워 수혈대에 팔 내밀었던 생각
바짝바짝 타들어 가는 캄캄한 울음도 잊은 채
다시 그 거리에 서면
골목으로 숨어들어 가슴 울컥인다
아직은 봄이 아니다
스러져 간 시간들이 팍팍하기만 하다
보일 듯 말 듯 슬픔이 비바람 속에 너무 깊게 박혀 있다
말없이 진득하게 외로움에 쩔쩔매는 푸른 잎 하나
잉태하지 못한 불임이 되어
묵묵히 그 자리를 지키고 있다.

다산초당 가는 길

고즈넉한 숲길
천천히
걷는다

쓰라린 시간
느릿느릿
걷는다

쓸쓸함으로
그리움의 돌계단
걷는다

제멋대로 뒤틀린
고목들 사이로
걷는다

넋의
아우성 따라
걷는다.

장준하

엷은 미소 담은 검은 안경테로
투박한 세월의 사각대는 수수밭에 누워
마른입으로 몇 번이나 되씹었다
'못난 조상이 또다시 되지 말아야 한다'

한 발자국 한 발자국 들길 산길 눈길
옮겨 디딜 때마다 조국 없는 설움에
설원의 심야 떨면서 가슴에 품었다
'못난 조상이 또다시 되지 말아야 한다'

맑은 섣달 밤 눈덩어리 베개 삼아
밤 지새워 한없이 울부짖으며
부서질지언정 휘어질 줄 모르는 절규가 꿈틀거렸다
'못난 조상이 또다시 되지 말아야 한다'

끝없는 환상과 기쁨이 버무러져 파동 치는
가슴결 사이 펄럭이는 태극기의 몸부림처럼
숨막히는 뜨거운 백범의 숨소리가 치솟았다
'못난 조상이 또다시 되지 말아야 한다'

마음속 망가진 책상에 엎으려
한 자 한 자 손가락으로 짚어가며
생명의 숨결 앞에서 끌고 뒤에서 밀며 배달했다
'못난 조상이 또다시 되지 말아야 한다'

빼앗긴 자유를 찾기 위해 남몰래 삭이며
피울음 신산했던 골짜기에서
새벽을 기다리는 유골이 온 겨레 가슴을 향해 소리쳤다
'못난 조상이 또다시 되지 말아야 한다.'

박덕은 作 [장준하](2016)

고정희

땅끝 마을
단 한 번의 그윽한
겨울 사랑으로
바람 깨우는 첫 울음

자그마한 깡마른 몸집에
커다란 두 눈
부드러우면서 완강한
조선 여자

어둠 속에서 생명 움트는
치열한 분노를
하늘 원고지에 말갛게 씻어 쓰는
영혼의 노래

눈물꽃 뜨락의 고통과 슬픔을
더 큰 사랑의 광야에서
뜨겁게 불태우는
시꽃

■ 아직 끝나지 않은 이야기

원혼들의 절명시를 쓰면서
금남로에 내리는
눈물비 쏟아내는
무당 시인

한여름
지리산 뱀사골 계곡에서
시심의 여백 속으로 떠나간
메아리의 여인

해 지기 전
미치도록 그리워져
나의 가슴에 묻어둔
아름다운 사람.

조아라

가을 하늘 촉촉해지면
따스한 민주의 품
그리워집니다

길이 보이지 않아 절박해진 세월에
하늘에 심은 씨앗
그리워집니다

하염없이 올곧음이 부서지던 때
아낙의 너울 벗고 겪던 옥살이
그리워집니다

그 아득한 슬픔 너머
두 눈 부릅뜨고 지킨 무등산 마음
그리워집니다

서럽고 눈물나는
그늘진 자의 벗 담은 가슴
그리워집니다

■■ 아직 끝나지 않은 이야기

카랑카랑한 광야의 외침 아래
맑은 영혼의 꽃자리
그리워집니다.

박덕은 作 [조아라](2016)

길거리 시인

해질녘 길이 보이지 않아
절박해지는 시간
공항역에서 지하철을 타고
갑니다

꽃샘추위 무너져 내리는 사람길
척척한 기분에 그 아득한 슬픔 너머
그리움을 다독거리며 뚜벅뚜벅
빛의 순례를 합니다

하늘과 맞닿은 길 아스팔트에
세 걸음 젖은 꽃잎 밟으며
한 번 우주에 입맞추는
빼앗긴 내일에 밑줄을 그어 갑니다

아무도 모르는 눈물 삭히며
무너져 내리는 이웃의 안부를
희망 엽서에 속긋 그어서
우체통에 살포시 얹어 둡니다

아직 끝나지 않은 이야기

질박한 시심으로 사랑 얼싸안고
그 평화를 노래하며
막힌 담 헐어 춤추는 그날
청결한 목마름입니다

마음과 영혼을 안아 주는
화창한 기쁨을 선물하고 싶다는
담백한 외침이
금남로에 고스란히 배어
오늘도 비루한 시인의 길입니다.

전태일

시린 가슴으로 스러져 가는
여린 꽃들 앞에 하염없이
눈물로 지새우며 버들다리에서
막막한 벽을 느끼며
속앓이했던 청년

신나 끼얹고
캄캄한 밤 부둥켜안고
온몸 불살랐던 순수한 청년

벌럭이는 심장
모든 영혼에 불꽃 되어
아름다운 숯덩어리 혼으로 각인된
영원한 우리들의 청년.

■■ 아직 끝나지 않은 이야기

홀가분

어스름한 새벽
그윽해진 음습한 무덤에
고이 개켜져 있는
하얀 수의

살갑게 내민 얼굴
환한 빛으로
죽음을 홀랑 벗어
오롯이 시린 영혼 만진다

못자국 난 손으로
밥 짓고 반찬 주물러
불길 지피고
숯불 위에 생선 구워

소박한 조반 준비하여
나를 응시하며
아린 가슴 다독거려 주는
담백한 기쁨이다.

인동초

거칠은 세월
신음 소리 안고

살다가
문득 피워낸

한 송이
환한 웃음꽃.

박덕은 作 [인동초](2016)

아직 끝나지 않은 이야기

노간지

시간을 노랗게
색칠한 바보

가슴 찡한
세월처럼

빈 가슴 부벼댈
언덕을 더듬어
작고 담담한
비석으로 앉아 있다

서럽고 서러운
울음소리
까맣게 타 버린
혼을 묻으며

아린 아쉬움으로
모질고 굴곡 많은
멍멍해진 역사를 뚫으며.

제3장 헌책방 가는 길

박덕은 作 [시들의 향연](2016)

그대는 지금 어디에 있나요

꽃잎에 촉촉한 슬픔으로
젖어 있는 어느 사월의 저녁 시간

노란 리본이 소박한 시꽃으로
절절한 사연 간직한 채 다소곳이 피어 있습니다

꽃 피는 봄이 오면
다시 일어나 걷겠다는 그대는
지금 어디에 있나요

꺾일 줄 모르는 꼿꼿한 자존심으로
바람이 꽃잎만 건들어도 아파했던 그대는
지금 어디에 있나요

사월이 오기 전
금요일에 돌아오겠다는 아이들 만나러
서둘러 가는 그대는
지금 어디에 있나요

마지막 떠나는 그 길에도

가슴에 노란 뱃지를 달고
시집을 가슴에 품고 가는 그대는
지금 어디에 있나요

그대의 아내가 관뚜껑에 눈물로 쓴 흔적이 말합니다

"영원한 내 사랑
참 수행자 당신은 이 시대의 진정한 성자입니다
끝까지 기억하겠습니다
여보 사랑해요
죽으면서도 내 무릎을 주물러 주셨던 당신
그 따뜻한 마음 기억하며 살게요"

이 영혼의 울림을 듣고 있는 그대는
지금 어디에 있나요.

아버지

풍금 소리 나지막하게 들리는 수요일 해질 무렵
얼어붙은 유리창이 덜컹거립니다
눈이 내립니다
시골 예배당 나무 난로에 불을 지릅니다
낯익은 냄새와 그을림이 연통에 눈물짓습니다
아버지는 뒷짐을 지고 밖으로 나갑니다
발뒤꿈치를 들고 밧줄을 찬찬히 잡아당깁니다
종소리가 동네를 땡그렁 땡그렁 깨웁니다
저 멀리서 지팡이 짚고 오는 백발이 보입니다
둘째아들은 없습니다
세상은 저절로 좋아지지 않는다고 외출을 했습니다
불그스름히 숨쉬고 있는 조급한 마음이 쩔쩔매고 있
습니다
헐렁한 잠바를 입고 치던 종 줄을 내려놓고
친친 동여맨 아린 기다림만 서성거립니다
영혼의 울림으로 가닿는
어스름한 불빛이 보입니다
텅 빈 예배당 구석진 곳 구멍난 방석에 앉은 긴 침묵이
무릎 꿇고 기도하고 있습니다.

홀로 피는 꽃

남평역 가는 길목 감나무 사이로
호젓한 동네가 앉아 있다
마당 구석진 곳에 자리한 작두샘에서
싱싱한 물 마시며 막내꽃으로 피었다
꽃봉오리도 잊은 채 청춘도 없이
짠 바닷물 고요하게 햇볕에 말려 가면서
뽀얀 새색시 반납하고 행상과 아파트 공사 현장에서
가을비 촉촉하게 젖어들어 울먹이며 파고드는 고통
잠 못 이루는 기나긴 삭풍에 단단한 흙속에 뿌리 박혀
뒤척이는 꽃이 저려온다
온몸으로 삭힌 가슴에 서럽게 핀 눈물꽃 되어 흐른다
절룩거리며 어둠의 골짜기 지나가는 어머니의 뒷모습
에서
피에타를 본다.

가을숲

키 큰 나무 사이로 외로움이 여기저기 앉아 있습니다
찬바람이 불어오는 시간의 작은 나뭇가지 위에
내려앉아 있는 그리움을 애틋이 씻어갑니다
수줍음을 만지면서 부풀렸던 씁쓸함을 털어냅니다
달콤하고 싱그러운 시절이 서서히 떨어집니다
가만히 머물러 있을 수 없습니다
기대어 있는 오후에 휘청거리는 발자취를 지웁니다
올라갔던 황홀함도 홀홀 털고 내려옵니다
꿋꿋이 서 있을 시간도 없습니다
처음사랑으로 외로움을 어루만졌던 기억도 보타져
얇은 이불이 필요합니다
야위어 가는 허리가 밤새껏 울음 멈추지 않는 사연들
을 위해
아늑한 방 하나를 준비합니다
반가워 포옹하는 내음이 구겨지고 접혀진 가슴 사이에
말라 버린 줄기를 용서합니다
아슬아슬하게 매달려 있는 잎 하나가
맑은 하늘이 깨울 때 다시 일어납니다.

정읍 추억 단상

잎이 떨어지는 사이 바람이 분다
내장산 늦가을 내음이 속살을 만진다
초록과 어우러진 햇살 사이로
하늘과 바닥이 울긋불긋 외로움을 풀어놓는다
까닭 없는 슬픔을 만지며
싸목싸목 설레임 밟아 걸어간다
보일 듯 말 듯 수줍음이 붉어진다
상처로 얼룩진 가슴 다독이면서
헐거워진 길 따라 누르스름한 향을 바라본다
어수룩하게 서 있는 그늘에 기대어
바스락거리는 생각을 반납하고
홀가분하게 산허리 넘어 길 잃어 홀로 머뭇거리다가
단아함으로 푹신하게 내려앉는다
허기진 시심이 낭만을 주워서 책갈피에 끼운다
아픔의 영혼들이 스쳐가는 동안
깐닥깐닥 시인의 가을은 흘러간다.

복숭아의 볼우물

야트막한 자드락길 돌고 돌아
맨 안쪽 외딴집에 살살 부는 바람 소리 벗삼아
보송보송한 외로움이 문턱에 걸터앉아 먼산을 바라본다

야위어 가는 시간은
여름 소나기 지난 후 순한 민낯 세수를 한다

송알송알 하얀 웃음은
뽀얀 그리움을 자전거에 태워
송정 장날 버스정류장에 머뭇거리는 추억들을 불러서
쭈그리고 앉아 있던 헐거움 사이로 마실 나간다

쑥스러워 차마 말도 건네지 못한
곱디고운 얼굴에 분칠을 했지만
아련한 그리움을 꺼내어 만지는 상흔
척박한 땅에 은둔하다가
시나브로 기도하는 두 손으로
솎아주며 다독거려
영글어 가는 속살이 절절하다
마음 적셔 남몰래 흐르는 눈물

아직 끝나지 않은 이야기

그 불그스레한 언저리에
고요 담긴 슬픔이 한올지다.

박덕은 作 [지드락길](2016)

부채

한여름밤
가냘픈 옛사랑의 추억을 꺼냅니다

지난날 맨바닥에
누워 있는 마른꽃이 시간을 깨우기 위해
주름살을 조심스럽게 펴 봅니다

벌려 있는 야윈 가슴에
시선을 고정시킵니다

설레는 외로움을 채우고 채워도
뭔가 허전합니다

펄럭이며 젖어 있는
그리움을 숨가쁘게 달랩니다

하염없이
좌우로 흔들어 봅니다

달콤한 뼈와 살이
허공을 치며 속가슴을 만집니다.

꽃팬티

동네 오일장이 서는 날
허름한 집에서 화려한
외출을 하는 여인과 눈맞춤한다

오늘은 꽃바구니에 누워
움푹 패인 보조개로
물끄러미 쳐다보면서
"나를 데려가 주세요"

곁눈질하다가
얼른 호주머니에서
외로움을 꺼내 들었다

조용히 살펴보니
시꽃이 피어 있다

영혼의 떨림으로
숨가쁘게 문 두드리는 소리에
시심으로 포장된
설레임이 앞서간다.

쓰다가 그만둔 일기

짓누르는 우울한
그 봄을 살리는
후미진 시간

지독한 외로움이
연탄불 사그라진 기숙사 방에
엎드려 그어 가는 그리움

쓸쓸함이 몸부림칠 때
애틋한 안부 편지가
공책 위에
써 내려가는 여백을 적신다

스며드는 그림자가 습관처럼 찾아오면
청계천 헌책방 나들이하면서
뼛속까지
죽은 권력만 매만지고 있다.

쓰다가 만 편지

하얀 그리움이
스며드는 적막한 시간
홀로 깨어
외로움에 젖어 있는
굼뜬 남자도
때로는 취하고 싶다

가끔은 망가진 모습으로
어수룩한 노래 부르며
대책 없이 부드런 살결에
기대고 싶다

눈물로 적신
낡은 시집 한 권을
소포로 보내면서
남몰래 서걱대는
대나무밭에 쓰러진
황홀한 속마음 보듬고 싶다.

만년필

빈 종이에 적막이 흘러갈 때마다
수첩 사이에 끼어 있는 외로움을
말없이 만지작거리는 버릇이 있다
밤비 내리면 슬며시 꺼내 눕혀 두다가
생각나면 일으켜 세운다
조용히 윗도리 벗기고 엄지와 가운데에 기대어
검지가 살짝 눌러준다
혹시라도 영혼이 상처 입으면 안 된다
조심조심 달래가며 애무한다
지워지지 않는 고백을 사각사각
마른 가슴 더듬어 가면서
얇고 하얀 담요 적시듯 간지럽힌다
따스한 흔적이 스쳐가는 동안 기억들이
낭만에 누워 있다
잠시 쉬었다 다시 시작하려고 하면
가뭄이 든 것처럼 말라 버린다
상하로 흔들어 깨우다 속살 들여다보고
허기진 배고픔 알아차린다
비릿한 냄새 맡으며 암흑에 살포시 집어넣고
서서히 돌린다

수혈하듯이 빨아올린다
가득 채워지면 사랑을 시작한다.

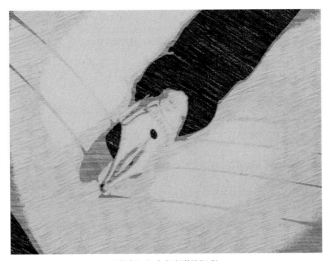

박덕은 作 [만년필](2016)

시인의 길

사막 한복판에
서 있는 외로운
가슴

뒤척이는 밤
쉼 없이 흐르는
슬픈 사연

그리움으로
촉촉이 적시는
아픈 마음

속눈썹 찬찬히
들여다보면서
마른 바람으로
들어오는 황홀함

조촐한 식탁에
소박한 밥상으로
넉넉해지는
세월.

고백

저 밑바닥 가슴속에 젖어 있는
쓸쓸한 상흔이 저려 옵니다
괜시리 마음잡아 둘 수 없어 헌책방 마실가는 사이
막새바람이 파고들어 옵니다
책방 틈새로 유혹을 떨구지 못하고
두리번거리는 동안 들켜 버렸습니다
소스라치게 놀라 수줍은 별빛 아래 누웠습니다
하늘 원고지에 또박또박 연필로 채우는 동안
황홀한 시간이 외로운 우체통에 서성거립니다
마침내 그리운 등기 우편으로 집배원에게
시 배달을 부탁했습니다
어디 있어도 당신 향한 순정 그윽해지면
진절머리 나는 사무침입니다
하루에도 일떠서는 적이 한두 번이 아니랍니다
그때 추억이 절절하여 손전화를 물끄러미 바라봅니다
몇 번이고 눈맞춤하는 시간이 깐닥깐닥 흘러갑니다.

시계

고즈넉한 고샅
남루한 흙집에
창호지 틈새로
살포시
달빛이 기웃거리던
어느 날

야위어 가는
외로움과 그리움이
이불 깔고 누워

너는 분침
나는 시침으로
포개지는 순간

숨이 멈추는 황홀함
이대로
죽어도 좋다.

그럴 수도 있어요

호수의 고요함에
청둥오리처럼 머물러 있는
당신의 마음을 빼앗아 어수선하게 했으니할 말이 없소

왜 그랬나요
물어 보는 시 앞에
직선으로 다가오는 입술이
얼어 버린 매서운 바람이 되었소

시방 지쳐 있는 감정의 소용돌이가
엉망진창이 되어
찌질한 마음을 삭히느라
욕보고 있소

있는 모습 그대로 지쳐 있는 허리 펴고
누워 살포시 덮어 주는
치마가 되어 준다면
기분이 개이겠소.

어느 시인의 아내

고즈넉한 어느 토요일 오후
햇살이 번지고 있는 적막해진
망월동 한구석에
소리가 들린다

혁명 시인으로 치열하게
짧은 삶을 살았던
김남주 시인의 20주기를
보듬는 소리

얇은 슬픔을 머금고
민낯으로 서 있는
고독한 고요함의 소리

죄어드는 현실 한복판에
솟아오른
찬란한 불덩어리의 소리

고뇌하며 뒹굴었던 영혼에
새겨 놓은

아직 끝나지 않은 이야기

고통의 옹두리 소리

그래도
시인은 가장 행복했노라고
두려움으로 시를 읊조리던 소리.

박덕은 作 [망월동](2016)

어느 시인의 기도

애틋한
설렘과 기다림이
한적한 곳에서

당신의 눈길
당신의 몸짓 하나에
가슴 떨리는 외로움

콩닥콩닥
매콤달콤
알몸으로 만나

촉촉이 뒹굴다가
온통 황홀함으로
채워져

영혼의 해맑은 시들이
태어나도록
영감 주소서.

한여름의 시

폭염 속으로
스며오는 그윽함이
황홀하다

이토록 개운한 하늘 원고지에
만년필로
고즈넉한 그리움을 적는다

하늘의 절반인
그녀의 담백한 속살
그대로

시인의 수첩에
숨막히는 외로움을
달래 주는 시꽃
그대로.

어느 시인의 하루

마른장마에 조촐한 교회 강대상 앞에
새벽의 고요가 머문다

희미한 옛사랑을 책상 서랍에서 꺼내어
수첩에 담는다

장맛비가 엇비슷하게
하나 둘 셋 떨어진다

호주머니에서 추억을 꺼내어 관음증처럼
샅샅이 쳐다보다가 걷는다

세탁기에 어린 꽃을 넣고 돌렸다는 도가니 재판이
손짓으로 세상을 향해 탄식한다

외로움에 보타진 상처가
교도소 면회를 신청하는 것이 살갑다

이름이 촌스럽다고 말하는
그녀가 명랑하다

헌책방 마실에서
잠시 그리움에 젖어 있다가

전쟁이 머물고 있던 시대에 한 잔의 술과 사랑을 노래
한 시인과
빼앗긴 들에 서서 봄을 기다리며 살다 간 시인이
옛 황홀함을 꺼내서 빛바랜 시심으로 들여다본다

이리저리 헤매다
담백한 이야기에 시꽃이 피는 정갈한 순간
나는 배부른 돼지가 되어 기분이 화창하다

말갛게 보이는 십자가를 바라보면서
오르는 계단이
흐뭇하다.

봄비

꽃망울의 가녀린 허리를
은근슬쩍 더듬어 주는 부드러운
그대

늘 그렇듯 살며시
웃음 보듬어 보는
그대

마음 어쩌지 못해
지그시 바라보는
맑은 영혼의
그대

그냥
어여쁜 노래 되어
흔들리는 풀꽃에게
입맞춤하는
그대.

당신께 가는 길

그리운 오솔길 살금살금
더듬거리며 부드러운 곡선 따라

주소와 우편 번호도 없이
외로운 둥지를 찾는다

촉촉해진
숲속 우물의 침묵 사이로 흐르는
그늘진 동굴

세월 흔적 따라
깊은 늪에 장작불 붙여
타올랐던 아궁이

시심으로 꽃물 담아
영혼 빚어서 황홀함을 선물한
절정의 연못

생명꽃 잉태한 순간
속살 찢어 우주를 탄생시킨
나의 고향을 찾는다.

나도 애인이 있으면 좋겠다

텅 빈 도시 섬에 쓸쓸함이 서성거립니다
너나들이 하며 잔잔한 얘기 나누면서
그저 무딘 가슴을 방망이질해 줄 수 있다면 좋겠습니다

나이를 다림질하면서 나를 허물어
싱그러운 추억의 서랍 속에 두고
자꾸만 꺼내 보고 싶습니다

서로 고개를 끄덕이는 민낯으로
뼛속 깊은 외로움이 몸부림칠 때

허름한 포장마차에 앉아
홀로 된 그리움으로
한올지게 감정을 쏟아 놓았으면 합니다

나라는 빗장을 열고
살갑게 다가가는 부드런 바람이 되어
부서진 가슴을 갈피갈피 더듬어 주었으면 좋겠습니다

날이 저무는 울적한 시간에는

눈물꽃으로 헌책에 밑줄을 그어 주는
연필이면 좋겠습니다

마음의 색깔이 녹슬어 지워지는
흔적을 읽어 시심을 수선해 주는 사람이면 좋겠습니다
이제 욕망의 질퍽한 늪 속에서
외로워서 하는 사랑은 사랑이 아님을
다시는 사랑 갖고 장난치지 말기를 약속하면서

가슴이 젖어
사랑의 집을 찬찬히 짓다가
두근 두근거리는 마음이 들키는 날
사랑하다 죽어 버리겠습니다.

박덕은 作 [나도 애인이 있으면 좋겠다](2016)

시에 미치다

구석진 곳에 쪼그리고 앉아
민들레를 보니
눈물이 납니다

고샅에 누워 꽃망울 터뜨리는
애틋한 그리움이
손짓합니다

아리고 먹먹한
시들이
저벅거리며 다가옵니다

낡은 수첩 뒤적이면서
하얀 밤 지새우다가
지하실로 내려와
시꽃의 입술과 가슴을
더듬기 시작합니다

그렇게 헤픈 사랑으로
낭만의 매듭을 풀어

황홀한 절정에 이른 나는
죽어도 시인입니다.

박덕은 作 [민들레](2016)

손빨래

단칸방 꽃자리에 누워
시들어 가는 낭만을 만지면서
아내에게 새끼들이 잠들면
세탁기 돌리자고 암호 보냅니다

속살의 기다림에 보타지다
끝내 가슴 포갤 수 없어
속울음 차오른 욕망
야윈 손으로 서둘러 꺼내
주물러 비빕니다

불끈 솟는 허허로움이
솜털 돋게 짜릿하여
숨결이 빨라져
우주의 신음 소리를 냅니다

묻어둔 눅눅한 마음
홀로 헹궈서
외로운 기분이
한결 뽀송해졌습니다.

헌책방으로 가는 길

탈색된 울음 터뜨릴 것 같은
깨질 듯이 투명한

시간의 먼지가
소복이 쌓여 고적한

너덜해진 추억이
따스함으로 손때 묻은

아스라한 그리움으로
다 닳아 냄새 풀풀 나는

흘러간 기억들이
누렇게 부스러져 있는

꼬깃꼬깃 접어둔 얘기들이
갈피갈피 곰삭아 지쳐 있는

그 길을
걷고 또 걷는다.

자전거 타는 시인

작열하는 오후
헐거워지는 시간을
옛사랑의 그림자가
바큇살을 흔들어 깨웁니다

그리움 따라 흐르는
시꽃을 배달하기 위해
시심을 안장에 태우고
조용히 페달을 밟습니다

안경테 너머로 흐드러져
벌건 속살에 달라붙은
추억의 들풀이
춤을 춥니다

오르막길 내리막길
수그려 있는 외로움을
마구 휘어젓는
다리가 휘청거립니다

지칠 줄 모르는
새빨간 욕망에
수줍어 남몰래
아우성입니다.

박덕은 作 [자전거 타는 시인](2016)

사월의 편지

그리움에 젖어
살포시 눈감고
가슴 할퀴는
시무룩한 저녁 시간

꽃봉오리에 맺힌
이슬처럼 아련해지는
봄앓이

서러운 꽃내음이
온몸 감싸는 동안

놀이하듯 주고받은 손글씨
책상 서랍 속에
서성거리던 것을 꺼내

시밭의 눈물로
촉촉이 적서
시꽃으로
피어난다.

여름비

비옷을 입어도 속옷까지 적셔 오는
시멘트 맨바닥에 쭈그리고 앉아
발밑으로 느껴지는 척척한 시간을 만난다

머릿속이 비워지면서
마음을 뒤흔들며 늦게 온 그늘진 사람,
남루한 시인의 쓸쓸함이
수위실 담벽에 몸을 기대고 서성거리며
지켜보고 있다

해고로 가슴에 멍이 든 영혼들이
두려움에 떨면서 순결한 목소리로 외치는 소리만
허공을 가를 뿐

그 속에서 꿈틀거리는 생명꽃을
그 보타져 가는 심정을
삭발과 소복으로 하루하루 버티는
당신들의 눈물을 본다.

낙엽

마음 깊은 곳에
머물고 싶어
차가운 입술 살포시 덮는
고독한 침묵

촉촉이
젖어 있는 시간
잘 가라고 손짓하는
마지막 인사

바람 한 번
피우지 못하다가
척척한 세상 얇은 이불 되어
더듬는 젖가슴

향 깊은
그리움으로
새롭게 시작하자는
살가운 갈무리.

적적한 어느 날 보리밭에 갔다

끝이 보이지 않았다 천둥소리 만났다
사잇길 홀로 걸으며 판금된 시집을 읽었다
허기진 마음 달래며 읽었다 혼에 불을 놓아
춤춘 자리 누렇게 퇴색되어 있는 신문 쪽지와
거의 잊을 뻔했던 비틀거리는 목소리가 질퍽질퍽
걸어가는 동안 탱글탱글 영글어 있는 약속은 보이지
않았다
채찍비가 쏟아진다
텅 빈 밭은 아무 말이 없다
어디서 신음 소리 들린다
별들도 부끄러워 남몰래 숨어 있다
푸른 수의와 오랏줄에 묶인 씨앗에서
밟힌 만큼 휘모리장단으로 새날이 튀어나온다.

두려움 없는 여인

저물어 가는 하늘의 맨살 아래
민낯으로 호수를 내려다보면서
사각대는 잎들 사이로
줄지어 선 날카로운 철조망 울고 있네

처절하게 빼앗긴 자유
차단된 길고 긴
외로운 나날에도 꿋꿋하게
버텨 왔던 민주주의 꽃이네

구름 뒤의 태양 기억하며
매서운 시간 몸 움츠리지 않고
고요한 외침이 마음을 사로잡는
사랑의 침묵이네

가냘프기 그지없는 몸이지만
강인한 희망의 끈으로
깊은 어둠 속의 작은 평화
가슴 적시는 슬픔의 세월에도
하늘 닮은 맑은 영혼을 가진 철의 난초이네

지난한 폭정에도
흔들림 없이 무저항 운동으로
섬세함과 담백한 글로
세상을 향해 버팀목이네

버마의 어머니
이 시대 자유의
또 다른 이름
아웅산 수지.

박덕은 作 [아웅산 수지](2016)

똥꽃

쓸쓸한 가슴 안에서
세월이 나뒹굴며
기억의 조각들
바르네

우주의 껍질 깨고
설렘들이
생각의 빈터에서
나가네

부서진 시간 속에서
구겨진 몸으로
어둠의
살 냄새를
피우네.

탕자의 귀환

무릎 꿇어
야윈 생각 시린 목소리로
허리춤의 꺼드럭거린 세월
다 내려놓네

맏형의
핏발 선 눈초리는
출렁거리고
생각 조각들이
일그러져
궁시렁거리네

아비는
하얀 밤 친친 동여맨
아린 기다림을
가는 눈 촉촉이 적셔

굽은 허리로
까칠하고 얇은 손으로
다독거리네.

삭발하는 날

어등산 비탈에
간판도 안내도 없는
비밀이 숨어 있다

허물어져 가는 기억의 집에
시름시름 앓아 가는
당신을 찾기 위해

아들이 쓰고 다니는 모자를
우두커니 하루에도 몇 번이나
쳐다보곤 했다

머리 내밀어 삭발을 하며
하늘의 맨살로
눈가에 촉촉이 스며드는 슬픔을 만지며

쪼그려 앉아
왜소한 몸짓에
촛불 담아 두며

이제 머리에
하얗게 시 한 편 컨다.

박덕은 作 [삭발하는 날](2016)

하나님의 눈물

눈빛도 노랗고
털 빛깔도 노란 토끼
한 마리

어느 날
꽃풀
맛있게 먹으려다 그만

무서워 떨고 있는
풀을 보고
차마 먹지 못했네

배고픔이 몰려오자
할 수 없이
하나님한테 물었네

무얼
먹고
살아요?

응 나는
보리수나무 이슬 바람 한 줌
아침 햇살 마시고 살지

저도
그리 살게
해주세요.

박덕은 作 [토끼](2016)

그리운 이들의 이름을 아껴 불러 봅니다

미수습자(9명) - 고창석, 권재근, 권혁규, 남현철, 박영인, 양승진, 이영숙, 조은화, 허다윤

단원고

1반(17명) - 고해인, 김민지, 김민희, 김수경, 김수진, 김영경, 김예은, 김주아, 김현정, 문지성, 박성빈, 우소영, 유미지, 이수연, 이연화, 정가현, 한고운

2반(24명) - 강수정, 강우영, 길채원, 김민지, 김소정, 김수정, 김주희, 김지윤, 남수빈, 남지현, 박정은, 박주희, 박혜선, 송지나, 양온유, 오유정, 윤민지, 윤솔, 이혜경, 전하영, 정지아, 조서우, 한세영, 허유림

3반(26명) - 김담비, 김도언, 김빛나라, 김소연, 김수경, 김시연, 김영은, 김주은, 김지인, 박영란, 박예슬, 박지우, 박지윤, 박채연, 백지숙, 신승희, 유예은, 유혜원, 이지민, 장주이, 전영수, 정예진, 최수희, 최윤민, 한은지, 황지현

4반(28명) - 강승묵, 강신욱, 강혁, 권오천, 김건우, 김대희, 김동혁, 김범수, 김용진, 김웅기, 김윤수, 김정현, 김호연, 박수현, 박정훈, 빈하용, 슬라바, 안준혁, 안형준, 임경빈, 임요한, 장진용, 정차웅, 정휘범, 진우혁, 최성호, 한정무, 홍순영

5반(27명) - 김건우, 김건우, 김도현, 김민석, 김민성, 김성현, 김완준, 김인호, 김진광, 김한별, 문중식, 박성호, 박준민, 박진리, 박홍래, 서동진, 오준영, 이석준, 이진환, 이창현, 이홍승, 인태범, 정이삭, 조성원, 천인호, 최남혁, 최민석

6반(23명) - 구태민, 권순범, 김동영, 김동협, 김민규, 김승태, 김승혁, 김승환, 박새도, 서재능, 선우진, 신호성, 이건계, 이다운, 이세현, 이영만,

아직 끝나지 않은 이야기

이장환, 이태민, 전현탁, 정원석, 최덕하, 홍종용, 황민우

7반(32명) - 곽수인, 국승현, 김건호, 김기수, 김민수, 김상호, 김성빈, 김수빈, 김정민, 나강민, 박성복, 박인배, 박현섭, 서현섭, 성민재, 손찬우, 송강현, 심장영, 안중근, 양철민, 오영석, 이강명, 이근형, 이민우, 이수빈, 이정인, 이준우, 이진형, 전찬호, 정동수, 최현주, 허재강

8반(29명) - 고우재, 김대현, 김동현, 김선우, 김영창, 김재영, 김제훈, 김창헌, 박선균, 박수찬, 박시찬, 백승현, 안주현, 이승민, 이승면, 이재욱, 이호진, 임건우, 임현진, 장준형, 전형우, 제새호, 조봉석, 조찬민, 지상준, 최수빈, 최정수, 최진혁, 홍승준

9반(20명) - 고하영, 권민경, 김민정, 김아라, 김초예, 김해화, 김혜선, 박예지, 배향매, 오경미, 이보미, 이수진, 이한솔, 임세희, 정다빈, 정다혜, 조은정, 진윤희, 최진아, 편다인

10반(20명) - 강한솔, 구보현, 권지혜, 김다영, 김민정, 김송희, 김슬기, 김유민, 김주희, 박정슬, 이가영, 이경민, 이경주, 이다혜, 이단비, 이소진, 이은별, 이해주, 장수정, 장혜원

교사(10명) - 유니나, 전수영, 김초원, 이해봉, 남윤철, 이지혜, 김응현, 최혜정, 강민규, 박육근 (교감:강민규)

일반인(30명) - 김순금, 김연혁, 문인자, 백평권, 심숙자, 윤춘연, 이세영, 인옥자, 정원재, 정중훈, 최순복, 최창복, 최승호, 현윤지, 조충환, 지혜진, 조지훈, 서규석, 이광진, 이은창, 신경순, 정명숙, 이제창, 서순자, 박성미, 우점달, 전종현, 한금희, 이도남, 리상하오

선원(6명) - 박지영, 정현선, 양대홍, 김문익, 안현영, 이묘희

선상 아르바이트(4명) - 김기웅, 구춘미, 이현우, 방현수

그리운 이들의 이름을 아껴 불러 봅니다 ■

한실 문예창작 문우들의 작품집

오늘의 詩選集 Series

오늘의 詩選集 제1권

화장을 지우며
강만순 지음 / 144면

오늘의 詩選集 제2권

또 한 번 스무 살이 되고 싶은 밤
김숙희 지음 / 160면

오늘의 詩選集 제3권

사랑의 빈자리 될까 봐
박완규 지음 / 144면

오늘의 詩選集 제4권

유모차 탄 강아지
김미경 지음 / 112면

오늘의 詩選集 제5권

이 환장할 봄날에
신점식 지음 / 176면

오늘의 詩選集 제6권

작아지고 싶다
주경희 지음 / 176면

오늘의 詩選集 제7권

가을은 어디나 빈자리가 없다
전금희 지음 / 176면

오늘의 詩選集 제8권

쓸쓸함에 대하여
이후남 지음 / 176면

오늘의 詩選集 제9권

바람이 열어 놓은 꽃잎
문재규 지음 / 220면

오늘의 詩選集 제10권

단 한 번 사랑으로도
이호근 지음 / 176면

오늘의 詩選集 제11권

할 말은 가득해도
최승벽 지음 / 176면

오늘의 詩選集 제12권

비밀 일기
박봉은 지음 / 176면

오늘의 詩選集 제13권

꽃만 봐도 서러운 그날
한실 문예창작 동인지 제8집

오늘의 詩選集 제14권

마냥 좋기만 한 그대
최기숙 지음 / 176면

오늘의 詩選集 제15권

풀꽃향 당신
김영순 지음 / 176면

오늘의 詩選集 제16권

유리인형
박봉은 지음 / 176면

오늘의 詩選集 제17권

보고픔이 자라고 자라서
한실 문예창작 동인지 제9집

오늘의 詩選集 제18권

첫사랑
김부배 지음 / 176면

오늘의 詩選集 제19권

나는 매일 밤 바람과 함께 사라진다
박덕은 지음 / 240면

오늘의 詩選集 제20권

오늘도 걷는다
유양업 지음 / 176면

오늘의 詩選集 제21권

내 사람 될 때까지
전춘순 지음 / 176면

오늘의 詩選集 제22권

처음 사랑
한실 문예창작 동인지 제10집

오늘의 詩選集 제23권

당신에게 · 둘
박봉은 지음 / 176면

오늘의 詩選集 제24권

그 누가 다녀간 것일까
전금희 지음 / 206면

오늘의 詩選集 제25권

한 잔 술에 가둘 수 없어
이후남 지음 / 164면

오늘의 詩選集 제26권

그리움 머문 자리
이인환 지음 / 176면

오늘의 詩選集 제27권

사랑의 콩깍지
김부배 지음 / 176면

오늘의 詩選集 제28권

사랑은 시가 되어
최길숙 지음 / 176면

오늘의 詩選集 제29권

그리움이라서
이수진 지음 / 176면

오늘의 詩選集 제30권

그리움 헤아리다
배종숙 지음 / 176면

오늘의 詩選集 제31권

아직 끝나지 않은 이야기
장헌권 지음 / 176면

개별 작품집

고목나무에 꽃이 핀 사연
김영순 시집

당신만 행복하다면
박봉은 제1시집

시가 영화를 만나다
장현권 시집

아시나요
박봉은 제2시집

하얀 속울음까지 들켜 버렸잖아
김성순 시집

당신에게·하나
박봉은 제3시집

세월이 품은 그리움
김순정 시집

사색은 강물 따라
권자현 시집

입술이 탄다
형광석 시집

내가 머무는 곳
신순복 시집

늘 곁에 있는 다른 나처럼
정연숙 시집

당신
박덕은 시집

한실 문예창작 동인지 제1집
『한꿈』

한실 문예창작 동인지 제2집
『한꿈』

한실 문예창작 동인지 제3집
『당신의 쓸쓸함은 안녕하십니까』

한실 문예창작 동인지 제4집
『목련은 흔들리고 있다』

한실 문예창작 동인지 제5집
『그래도 한쪽 가슴은 행복합니다』

한실 문예창작 동인지 제6집
『좋은 걸 어떡해』

한실 문예창작 동인지 제7집
『아직도 사랑인가 봐』

한실 문예창작 동인지 제8집
『꽃만 봐도 서러운 그날』

한실 문예창작 동인지 제9집
『보고픔이 자라고 자라서』

한실 문예창작 동인지 제10집
『처음 사랑』